Le Château des Rentiers

AGNÈS DESARTHE

Le Château des Rentiers

ÉDITIONS DE L'OLIVIER

La citation en exergue est extraite de *Passions*
d'Isaac Bashevis Singer, nouvelles traduites de l'anglais
par Marie-Pierre Bay et Jacqueline Chnéour, Stock, 1980.

ISBN 978.2.8236.1951.5

À mon grand frère et à ma petite sœur

À mes amis

« Dans la littérature comme dans nos rêves, la mort n'existe pas. »

Isaac Bashevis Singer, *Passions*

Le château

Mes grands-parents maternels, Boris et Tsila Jampolski, avaient 65 ans lorsqu'ils ont acheté, sur plan, un appartement de deux pièces avec balcon au huitième étage d'une tour, dans le XIIIe arrondissement de Paris. J'ai écrit leur adresse – 194 rue du Château des Rentiers 75013 Paris – sur des enveloppes et des cartes postales pendant près de trente ans.

Château.

Rentiers.

Pas une fois je ne me suis interrogée sur le sens, le poids que possédaient peut-être ces mots pour deux juifs immigrés en France au début des années 1930 – mon grand-père de remplacement, ancien communiste ayant connu les camps de prisonniers, ma grand-mère de sang, devenue veuve après la déportation et l'assassinat de son premier mari par les nazis –, issus l'un comme l'autre d'un milieu populaire et n'ayant jamais perdu leur accent.

Un château, ose-t-on seulement en rêver lorsque l'on a vécu l'exil et les privations ?

Rentier, n'est-ce pas le statut que l'on réprouve, tout en l'enviant, quand on a porté autrefois le petit foulard rouge des pionniers ?

Le hasard des noms de rue et un marché immobilier à la baisse ont fait de mes grands-parents les habitants d'un château qui n'était pas peuplé que de rentiers, un château en béton plaqué pierre de taille, avec des portes d'ascenseur orange, des dalles en pierre de Bourgogne industrielle, d'immenses miroirs dans lesquels je me suis vue grandir, d'interminables couloirs revêtus de moquette, des portes en bois contrecollé et de larges balcons pourvus de balustrades en fer, d'où l'on pouvait voir et entendre les élèves du CES rue Yeo-Thomas, le collège où il ne fallait pas aller si on voulait faire des études plus tard, le collège où il y avait des blousons noirs (disait-on), des voyous – n'était-ce pas l'un d'eux qui avait volé la montre à cristaux liquides que mon frère avait reçue à l'occasion de sa bar-mitsva parmi une armée de stylos à plume et un bataillon de radios-réveils ?

La rue du Château des Rentiers était une de celles que j'empruntais pour me rendre à la piscine en primaire et, plus tard, pour aller au collège et au lycée. Je lisais, sans y prendre garde et plusieurs fois par jour, les mots inscrits sur la plaque métallique bleue dans son cadre vert. Et ces mots ne signifiaient rien pour moi. Ou alors : cheveux mouillés, bonnet oublié, paquet de chips acheté au distributeur à la sortie du vestiaire, contrôle de physique insuffisamment révisé, rendez-vous à 13 h 30 sur les marches du lycée avant l'orchestre, et, bien sûr, papi et mamie Jampolski, mes grands-parents, qui m'avaient transmis le goût de la langue russe, de la pâte brisée, des noix, des foies de volaille hachés, des graines de pavot et d'une littérature peuplée de personnages aux noms changeants (Alexandre était aussi Sacha, Dimitri Mitia, Nastasia Nastia, Elena Yolka) et interminables, car couplés à leurs patronymes en *ov* ou en *ovna*, en *ski* ou en *skaïa* ; une onomastique si riche qu'elle fonctionna pour moi comme une initiation à la musique, à la complexité des identités, à la généalogie.

Cette rue, si on mettait de côté son nom, n'avait rien pour évoquer les vieilles et nobles pierres d'un château, pas plus que les revenus, générés non par le travail mais par l'argent lui-même, dont jouissent les rentiers. Le quartier avait été presque intégralement rasé au début des années 1970 et les vieilles bâtisses de travers, dignes d'un décor d'Alexandre Trauner, avaient laissé la place à des immeubles modernes, disparates, jaillis sans harmonie de l'asphalte.

Moi qui ne connaissais de Paris que cette portion située à l'est et au sud-est de la place d'Italie, je me demandais comment les touristes pouvaient considérer cette ville comme la plus belle du monde. Vraiment ? me disais-je en levant les yeux vers les façades hideuses aux fenêtres toujours trop petites et apparemment impossibles à ouvrir, les crépis bon marché et vite écaillés, les matériaux si synthétiques et les proportions si inélégantes que l'on aurait pu s'interroger sur le genre de faute qui méritait pareille punition. Pourquoi habiter là ? me disais-je à l'âge où l'on considère qu'une maison est un carré surmonté d'un triangle.

Quant aux rentiers, où étaient-ils ? Qui étaient-ils ? Les parents de mes camarades de classe étaient, pour la plupart, employés de bureau, artisans, secrétaires, postiers, infirmières.

Pourquoi y revenir aujourd'hui, alors que cet immeuble et cette rue ont déjà été la toile de fond d'un, voire de deux de mes livres ? Pourquoi retourner en pensée dans ces avenues sans charme que je n'ai jamais pris plaisir à arpenter ? Peut-être est-ce plus une histoire de temps que de géographie.

Dans moins de dix ans, j'aurai l'âge qu'avaient mes grands-parents quand ils sont devenus propriétaires du petit appartement de la rue du Château des Rentiers.

À portée de pensée

Récemment, ma grand-mère Tsila est venue me rendre visite en rêve.

Elle vient aussi me voir en pensée.

Elle ne fait que passer. Elle ne me parle pas. Ne semble pas avoir de message particulier à me délivrer. Elle se contente d'être là, et je songe que ce n'est pas elle qui tente de se rapprocher de moi, mais plutôt moi qui, sans m'en apercevoir, sans le vouloir, rien qu'en vieillissant, me rapproche d'elle. Je retourne au moment de notre première rencontre. Moi, bébé aux grands yeux bleus, elle, femme de petite taille, au squelette menu, aux traits fatigués par la maladie, aux yeux d'un bleu moins gris que les miens.

Kak krassivaïa ! (Comme elle est belle !) A-t-elle parlé en russe ou en français, penchée sur moi dans mon berceau ou au creux des bras de ma mère ? A-t-elle prononcé la formule yiddish propre à détourner le mauvais œil, *Kein ayin hora* ? Il est plus probable qu'elle n'ait rien dit, qu'elle ait simplement pensé : vivantes, toutes les deux, sa fille et la fille de sa fille. Soulagement, surprise, sidération. Je ne crois pas avoir été accueillie dans la joie. C'est sans doute ce qui a fait de moi un bébé, une enfant et une femme joyeux. Il me semble que personne avant moi n'avait eu l'idée ou le loisir d'occuper ce terrain.

J'écris « bébé » et je revois les lieux de mon enfance. L'appartement dans lequel mes parents se sont installés juste avant ma naissance, trop grand, trop vide, qui résonne un peu, les meubles en faux bois couleur acajou, mes couvertures, celle au crochet d'un joli blanc crème, et dont les bords étaient garnis d'un galon de satin brillant, ma courtepointe surpiquée en tissu synthétique bleu très clair, et mon poupoune (ainsi appelais-je mon doudou) qui fut alternativement un débris d'édredon en nylon jaune pâle et une ancienne capuche molletonnée d'un blanc douteux, ayant vraisemblablement appartenu à mon grand frère et qui procurait, lorsque l'on en pressait l'étoffe entre deux doigts pour la faire glisser sur elle-même, une sensation enivrante, un bien-être fou.

En écrivant, je me souviens de tout. Je fais semblant de me souvenir de tout. Peut-être est-ce la même chose. Exactement la même chose.

Je continue : le couloir très très long, le visage de ma mère, sa bouche enfantine, les cernes sous ses yeux vert clair en amande, la grosse tête de mon frère, les cils noirs de mon père, les robes de chambre en nylon matelassées à grand col, les mains aux ongles larges et impeccables de mon père, la porte d'entrée à double battant, les épaules rondes de ma mère, les savates en faux cuir, les savates en tissu, une chaise à armature métallique. Tout est là, à portée de pensée. C'était il y a longtemps. C'était il y a très peu de temps. Ainsi – j'en tiens la preuve – mon avenir, ma vieillesse sont, eux aussi, à portée de pensée. Si ma grand-mère me rend visite, c'est pour me le confirmer. Le temps de vivre deux ou trois choses et je me retournerai vers l'instant où j'écris aujourd'hui, en me disant : c'était hier. Et je n'aurai pas vu le temps passer. Si je ne prends pas un peu d'avance, je me retrouverai au seuil de la mort sans avoir rien prévu, sans avoir rien choisi.

Un projet d'avenir

À 8 ans, je rêvais à la jeune fille que je serais à 17. Elle aurait des cheveux raides et blonds, elle serait mince et musclée, au volant d'une voiture décapotable et ses longs cheveux blonds (c'est si agréable de l'écrire deux fois, de l'imaginer deux fois) voleraient à l'horizontale dans son dos, soulevés par la vitesse et le vent. Ce portrait évoque par bien des aspects, je dois le reconnaître, la publicité pour Barbie-voiture qu'on voyait alors à la télévision. Je ne crois pas que j'établissais le lien entre les deux à l'époque. Quand, neuf ans plus tard, j'ai atteint l'âge rimbaldien, j'avais les cheveux bouclés, châtains et courts, j'étais joufflue, plus souple que musclée, et je ne conduisais aucun véhicule, pas même un vélo.

Je n'ai pas pensé pour autant que j'avais trahi mon rêve, que j'avais mal évalué mes chances de devenir blonde, mince, et de passer mon permis avant l'âge légal. J'ai été portée par cette vision que j'avais eue enfant jusqu'à la veille de mon dix-septième anniversaire, entraînée chaque matin par l'envie de conquérir ce futur radieux. Au moment du bilan, le constat ne s'est teinté d'aucune amertume.

À 17 ans et un jour, j'ai modelé un nouvel idéal en m'inspirant cette fois d'une amie que je trouvais plus jolie, plus intelligente et plus mûre que moi. Je m'achetais les mêmes vêtements qu'elle. Toutefois, comme nos morphologies différaient, ce qui la sublimait – faisant d'elle tantôt une princesse bulgare, tantôt une ballerine de Degas – faisait de moi une brave fille de ferme. Le constat de ce nouvel échec aurait pu mettre fin à ma manie de l'idéalisation. Mais non. J'aimais et j'aime toujours admirer. C'est mon moyen de transport fétiche. Je veux être ce que je ne suis pas. Je veux être là où je ne suis pas. Peu importe que j'y parvienne ou non, car le plaisir est garanti par le trajet.

À 19 ans, je me suis tournée vers la chanteuse du groupe de pop-rock anglais, Eurythmics. Annie Lennox et moi partagions la même coupe de cheveux (rasée sur les côtés, amorce de crête punk au sommet du crâne), des yeux bleus et… c'était déjà plus qu'avec Barbie-voiture. Je m'imaginais, jeune agrégée d'anglais, vêtue de cuir noir, cheveux peroxydés et yeux soulignés d'eye-liner, faisant cours à des élèves de troisième fascinés par mon allure. Quelques années plus tard, j'ai effectivement passé l'agrégation. J'avais les cheveux mi-longs, teints en roux, pas de vêtements en cuir. Je n'ai que très peu enseigné. Mes élèves avaient trois ans de moins que moi et je m'ingéniais à les faire rire car, en chemin, j'avais changé d'objectif. Je préférais amuser plutôt que fasciner.

Une fois encore, comme face à un miroir à trois pans, je me suis livrée à mon jeu des comparaisons. Miroir de gauche : mon avenir tel que je l'avais imaginé quelques années plus tôt ; miroir central : ce que j'étais devenue ; miroir de droite : comment je serais plus tard.

À 22 ans, le projet était moins centré sur l'apparence physique, j'étais comme j'étais, il y avait peu de chances, me disais-je, que je m'améliore, que je me transforme. J'envisageais l'arrivée des rides avec sérénité, songeant qu'elles étaient préférables à l'acné. J'allais devenir écrivain. C'était surtout cela qui comptait.

À partir de ce moment, les projections se sont faites de manière plus désordonnée. Je crois que j'ai cessé de m'intéresser à moi. La formule semble radicale. Elle est peut-être exagérée, mais pas inexacte. Le tourbillon du travail, des rencontres, des livres à écrire, de l'argent à gagner, de la maison à ranger, des enfants, je n'avais plus une seconde pour me rêver en mieux, et c'est sans méfiance que j'ai laissé filer le temps. À 24 ans, je suis devenue mère. À 24 ans, je suis devenue traductrice. À 24 ans, je suis devenue écrivain. Tout en même temps. Tout ce que je voulais, d'un coup et tout de suite. Cela ne m'a pas abattue, je ne m'en suis trouvée ni rassasiée, ni blasée. J'ai suscité de la jalousie, sans doute aussi de la haine, son corollaire.

Plus de trente ans se sont écoulés depuis et je continue d'avoir l'impression que cela vient de commencer. Je viens d'arriver sur terre. Pourtant, ma vie d'enfant a été très longue. C'est ma vie d'adulte qui est courte.

Il est temps, puisque seule une horloge aléatoire et plus molle qu'un cadran de Salvador Dalí décide de mes révolutions, d'établir un nouveau plan, un plan d'avenir. Et Tsila Jampolski, ma grand-mère, que mes enfants ont toujours appelée Petite mamie parce qu'elle était minuscule, pensais-je, mais aussi parce qu'elle était douce et discrète, va m'y aider.

MAPI

Dans les années 1990, nous formions, avec une dizaine d'amis, un genre de bande (même si nous détestions ce mot car chacun d'entre nous était, à sa façon, une pièce unique). Nous faisions tout ensemble. Nous regardions beaucoup de matchs de football à la télévision, nous partions en week-end, en vacances, nous allions au cinéma, ensemble. Nous habitions plus ou moins le même quartier, disons le nord-est de Paris. Il arrivait à certains de jouer au tennis sur un court municipal. C'était un de nos lieux de rendez-vous. Nous nous y retrouvions pour aller déjeuner dans les cafés des environs. Nos emplois du temps étaient peu contraignants. Encore étudiants, déjà enseignants, ou intermittents et apprentis, nous avions des journées élastiques. Juste à côté des courts, de l'autre côté de la rue, se trouvait une maison de retraite dont le nom nous enchantait : MAPI. Comme une contraction de mamie et papi. Nous aimions lire ce nom. Nous aimions plaisanter à propos de la réservation qu'il nous faudrait faire dès maintenant dans cet établissement afin de pouvoir continuer à nous fréquenter, une fois devenus vieux, car nous nous aimions beaucoup. Nous nous aimions tant qu'à 25 ans, nous envisagions de passer la fin de notre vie ensemble. Des années durant, même après que nous eûmes déménagé, que certaines amitiés s'étaient effilochées, que d'autres s'étaient nouées, MAPI continuait, en silence, sans que nous en parlions, à jouer le rôle de destination ultime, du moins pour moi.

Parfois, alors que je n'habite plus à Paris, je me transporte en pensée dans le futur et le XXe arrondissement et je m'imagine vivant là, chez MAPI, avec O., avec I., avec D., avec T., avec Y. et les autres. Nous circulons de chambre en chambre. Nous jouons au Scrabble, nous recevons la visite de nos enfants, de nos petits-enfants et, pourquoi pas, soyons ambitieux, de nos arrière-petits-enfants. Nous écoutons de la musique. Certains font des mots croisés, d'autres lisent le journal. Nous nous aimons toujours. Ce que la vie a éparpillé, MAPI le rassemble. Suis-je la seule à poursuivre cette rêverie ? Mes amis d'autrefois y songent-ils aussi de temps à autre ? Il me serait facile de les joindre pour le leur demander. Je m'abstiens. Je préfère supposer.

C'est à cause de mes grands-parents, Tsila et Boris, que cette vision, ce fantasme d'une vie communautaire du grand âge persiste en moi. Je crois n'avoir aucun mauvais souvenir lié au deux pièces de la rue du Château des Rentiers. Je sens au bout de mes doigts la puissance des aimants aux portes des placards de la cuisine, et c'est en souriant que je me remémore ce détail. Je revois les voisins. Marianne et ses lèvres maquillées d'un rose pailleté qu'elle appliquait avec plus de soin ou de réussite que ne le faisait madame Grobo avec le rouge, plus vermillon, qui débordait souvent sur ses dents. Je revois Tania, la poétesse aux cheveux courts raides et blancs, et son mari, le très beau, le très élégant David, dont le large ceinturon à la boucle surdimensionnée ceignait les hanches étroites. Je revois Froïm et sa grande tête, ses dents remarquables, peut-être parce que son sourire les découvrait entièrement, ses sourcils noirs et fournis. Madame Grobo avait les paupières enduites d'un joli fard turquoise qui me plaisait beaucoup. Était-ce monsieur Grobo qui l'accompagnait ? Elle, petite, ronde, les joues rebondies, des taches brunes masquées par la poudre, et des yeux à fleur de tête, boursouflant ses paupières et comme prêts à jaillir des orbites – tout cela m'évoquait un crapaud, un très joli crapaud, et j'adorais la contempler ; et lui, petit aussi, maigre, avec un minuscule visage, des traits fins, des yeux doux, un nez pointu, des lèvres minces et toujours un peu humides – il me faisait penser à un grillon. C'est son portrait qui me vient aussitôt à l'esprit quand je prononce le mot « timide ».

Combien étaient-ils en tout ? Je tente de les dénombrer. Je convoque les visages depuis si longtemps disparus. Soudain, je me rappelle Esther. Elle possédait une voix plus traînante que ses camarades, des cheveux gris mal peignés. Il me semble que c'était la sœur de Froïm, mais peut-être ma mémoire défaille-t-elle. Esther aurait aussi bien pu être sa belle-sœur ou la cousine de mon grand-père. L'une ou l'autre, ou encore l'une et l'autre.

Si elle ne m'est pas apparue immédiatement, c'est peut-être parce qu'elle est morte plus tôt que ses voisins, ou encore parce qu'elle était seule de son espèce. Quel qu'ait été son statut, je me souviens que, pensant à Esther alors que j'étais une petite fille chérissant son frère, sa sœur et ses nombreux cousins, je m'étonnais que l'on pût être la sœur ou la cousine de qui que ce soit à un âge aussi avancé. Comment, me demandais-je, peut-on être sœur ou cousine avec tant de rides, avec ce trémolo persistant dans la voix, avec ces dents de travers ? Mes frère et sœur ainsi que mes nombreux cousins étaient, comme moi, des enfants ou des adolescents. Nous avions la chair rebondie des abricots de juillet, des chevelures vigoureuses et fournies. Nous jouions à cache-cache, les grands grattaient les cordes de leurs guitares, les yeux masqués par une mèche qu'on ne pouvait que leur envier.

Toutes les femmes du Château des Rentiers, hormis ma grand-mère qui se teignait en blond vénitien, avaient les cheveux blancs, parfois nuancés de violet. Elles portaient de l'astrakan et des perles à leurs cous si ridés qu'ils en étaient gaufrés, des cous très doux dont la peau, quand on la faisait glisser sur elle-même entre deux doigts, procurait une sensation enivrante, un bien-être fou. Esther était différente. Elle était, comme je l'ai dit, grisonnante et décoiffée. Vêtue de pantalons en velours, de pulls en shetland, elle nouait un petit foulard de soie indien autour du cou. Elle était moins féminine et donc, d'une certaine façon, plus moderne que les autres et, me disais-je aussi, peut-être plus intelligente. Je n'en ai jamais eu la confirmation. C'était un genre de préjugé issu, je crois, d'un proto-féminisme.

Je sens qu'il me manque des personnages, des noms, des lieux, des liens. Enfant, je ne pensais pas qu'il était nécessaire que je me concentre sur les informations qui, d'ailleurs, n'étaient distillées qu'en désordre et sur un ton presque agacé. Ne me l'avait-on pas dit mille fois ? Je les confondais. J'ai toujours tout confondu et quand, des années plus tard, nous avons rendu visite à Marianne, ma mère et moi (peut-être mon frère et ma sœur étaient-ils du voyage), c'est à Draveil que nous sommes allés, mais le nom qui me reste est Drancy, Drancy qui commence par les mêmes lettres et se trouve à l'est et non au sud de Paris, Drancy qui a été le lieu d'internement dans lequel le père de ma mère a passé quelques semaines avant d'être déporté à Auschwitz où il a été tué dès son arrivée. Marianne habitait-elle à Draveil ou à Drancy ? Était-ce elle que nous allions voir ? Qui était Marianne ? Je ne sais plus vraiment. L'ai-je jamais su ? On n'explique rien aux enfants. On suppose qu'ils ont compris, que c'est évident.

Marianne – disaient certains – était snob. Elle se fournissait en fruits chez le primeur et non au supermarché comme mes grands-parents ou ma mère. Un jour, déjà adulte, je me suis arrêtée à la boutique du fruitier située dans la galerie marchande proche du Château des Rentiers, qui avait la réputation d'être hors de prix. J'y ai acheté des pêches et je me souviens de m'être dit : Finalement, c'est bon, les fruits, en tirant mentalement mon chapeau à Marianne, à son discernement.

Personne n'était riche. Tout le monde avait souffert. Sur certains poignets, on lisait une série de chiffres tatoués. Je n'ai su que des années plus tard ce que cela signifiait. Cela non plus, on ne l'expliquait pas.

Dans le parler des habitants du Château des Rentiers, la lettre *u* n'existait pas. C'était soit *i* soit *ou*. Je me rappelle les longues séances au cours desquelles nous tentions de rééduquer ma grand-mère en lui faisant prononcer après nous : « Non, mamie, pas biche, bûche », et elle : « C'est ce que j'ai dit : biche ! » et elle montrait une bûche. Je ne l'ai jamais vue en colère. Elle chantait *Pietouchok* et *Kozlik*, des comptines russes que nous adorions. Je n'ai découvert les chansons yiddish que bien plus tard, par la famille de mon mari. Mes grands-parents étaient russophiles. Ils aimaient les poètes russes, la musique russe.

Sur les photos d'avant-guerre, ils figurent en maillot de bain : les filles ont les cheveux courts, elles tiennent les garçons par le bras. Ils forment une bande. Je m'imagine qu'ils sont au bord de la mer Noire, ils ont l'air très heureux, ils n'ont aucune idée de ce qui les attend. Les bastonnades, les puces, le froid, les coups de fusil, le typhus, les chambres à gaz, la faim, le massacre, un nouveau massacre, un massacre de plus. J'ai mis longtemps à comprendre le sens du mot « pogrom », je n'osais pas demander. Jusque très tard dans ma vie j'ai continué d'avoir ce problème : ne pas oser demander, parce que j'avais honte de ne pas savoir, de n'avoir pas écouté quand il était temps, de ne pas m'être documentée, de n'avoir rien retenu.

Si j'avais été sérieuse, j'aurais posé des questions, je me serais intéressée à ces gens, mais je pensais qu'ils seraient là pour toujours, comme mon enfance qui durerait éternellement. Je ne parviens pas à regretter mon ignorance. Peut-être irai-je interroger mon oncle André et ma tante Bernadette. Mais je ne suis pas sûre de vouloir parler de tout cela avec eux. Je me suis si bien habituée à ne pas savoir, à tout imaginer.

Je ne conserve que ce qui m'importe. Je ne garde que ce que j'étais réellement capable de comprendre sur le moment. Les *oumen tashen* (les oreilles d'Aman, pâtisseries aux graines de pavot préparées à l'occasion de Pourim, la fête d'Esther), le gâteau aux noix, le gâteau à l'ananas, la tarte au fromage blanc et aux herbes. Parfois – c'est toujours une surprise, un hasard – ma pâte brisée a exactement le même goût que celle de ma grand-mère. Salut, Tsila, dis-je dans ma tête. Ses autres préparations, je ne les maîtrise pas.

Un après-midi, alors que j'étais venue lui rendre visite dans son appartement, je lui ai demandé de me donner la recette du gâteau aux noix (mon préféré). Nous nous sommes installées dans sa cuisine, elle a sorti plusieurs petits saladiers, son batteur dont le moteur chauffait vite, répandant une merveilleuse odeur de plastique brûlant, puis elle a disposé les eï (les œufs), la farine, le sicre (le sucre), l'hile (l'huile), les noix, le cacao, la margarine. « Combien tu mets de farine ? » lui ai-je demandé. « Un péï », a-t-elle répondu. « Et combien de sucre ? » « Un péï. » « Comme la farine, alors ? » « Non, pas comme la farine. Un péï. » J'ai laissé tomber. Elle a ajouté l'hile, a batti avec le battèr, elle a kisinéï, dans sa kisine, à sa façon qui ne serait jamais la mienne, et j'ai accepté de perdre pour toujours la saveur de mon gâteau préféré. J'ai accepté l'idée que quand elle mourrait, le gâteau mourrait avec elle.

J'en mangerais volontiers un morceau aujourd'hui, mais il ne m'a pas manqué durant les vingt-huit années qui se sont écoulées depuis la mort de ma grand-mère. J'en mangerais une part aujourd'hui avec grand plaisir parce que j'en parle, parce que, comme je l'ai écrit, j'ai à présent l'âge que ma grand-mère avait quand nous nous sommes rencontrées pour la première fois.

Je n'ai noté nulle part les paroles de *Pietouchok*, pas plus que celles de *Kozlik*. Je me rappelle la mélodie, quelques mots, des bribes :

Pietouchok pietouchok
Zolotoï i grebichok…

Jil biliou babouchki sierenki kozlik,
Vot kak, vot kak
Sierenki kozlik.
Babouchka kozlika otchen lioubila,
Vot kak vot kak,
Otchen lioubila

Le reste, presque tout le reste, je l'ai oublié. Des gâteaux et des chansons seuls demeurent. De bouche à oreille.

Le centre du monde

C'est une bonne affaire. Voilà ce que mes grands-parents ont dû dire à leurs amis dispersés dans Paris et sa périphérie. C'est pas cher, c'est moderne, c'est le moment ou jamais d'acheter. Ils ont répété ce que leur avait seriné le promoteur, ce qu'avait indiqué le banquier. Et leurs amis les ont crus. Ils ont tous et toutes acheté un appartement sur plan dans une tour pas encore sortie de terre au cœur du secteur le plus laid du XIIIe arrondissement de Paris, à mi-chemin entre l'immeuble où j'étais née et le lycée que j'allais fréquenter.

De mon point de vue, ils étaient au centre du monde.

Avaient-ils compris que la vieillesse est plus âpre quand elle est solitaire ? Avaient-ils anticipé, avaient-ils prévu qu'il serait beaucoup plus facile de se retrouver pour jouer aux cartes et échanger des recettes de cuisine quand on n'a qu'un couloir à traverser, un ou deux étages à descendre, à monter, grâce aux nombreux ascenseurs ? Savaient-ils que pour nous, leurs petits-enfants, ce serait toujours gai et savoureux de pousser la porte, qui restait entrouverte pour permettre les visites impromptues, et de se retrouver non en compagnie d'aïeux tristes et ennuyeux, mais au sein du vortex des langues mêlées, des disputes en yiddish ourlé de russe, des harangues autour de la pâte à choux, de n'être pas attendus et espérés tels des messies miniatures seuls capables d'apporter la joie et l'espoir, mais d'arriver plutôt comme des cerises sur les gâteaux ?

Aller les voir n'était jamais un devoir. C'était... marrant.

Entre eux qui s'étaient connus jeunes, la jeunesse n'avait pas cessé de circuler, et comme ils avaient, malgré tout, vieilli ensemble, ils ne s'étaient pas vus changer. Il y avait toujours la belle et la chieuse, la snob et la sauvage, le distrait et le donneur de leçons, le noble et le rustre. Leurs liens demeuraient passionnés et électriques, ou apaisés et tendres, tels qu'ils l'avaient toujours été. J'observais avec curiosité le bord rouge et affaissé de leurs paupières inférieures, les poils qui sortaient des oreilles, des narines, les dents trop alignées pour être vraies, j'entendais parfois les prothèses craquer, sans jamais éprouver de crainte, pas plus que de dégoût. Parce que je les voyais, aussi et surtout, à travers les regards qu'ils échangeaient entre eux et dans lesquels ils étaient éternellement jeunes, en maillot de bain au bord de la mer Noire.

Le pacte

Je nous transporte, ma bande d'amis de jeunesse et moi, chez MAPI. Nous avons entre 75 et 82 ans. Qui se porte bien ? Qui est gaga ? Je songe au jour où, avec I., alors que nous avions une trentaine d'années, nous nous étions mutuellement promis de nous prévenir si l'une de nous deux se mettait à mal laver la vaisselle, à s'asseoir jambes trop écartées, dévoilant sa culotte, le haut des cuisses. Nous énumérions les conduites malséantes de nos propres grands-mères et nous nous jurions de ne pas en arriver là, de faire en sorte, grâce à notre pacte, à ce système d'entraide, de ne jamais avoir de feuilles de salade coincées entre les dents, de collants qui plissent, de perruques de travers. Je me demande aujourd'hui si nous étions arrogantes. Je me demande si nous comprenions quoi que ce soit à la vieillesse. La douleur n'entrait pas dans nos prévisions. Nous ignorions que pour la plupart, à partir d'un certain âge, elle devient le maître absolu. Les collants plissent parce qu'on n'a plus la force nécessaire, dans les doigts devenus arthritiques, de les remonter, la feuille de salade reste coincée entre les dents parce que les yeux voient mal et larmoient ou tirent lorsque l'on fixe un point trop longtemps et que l'on tente, face au miroir, de déloger l'intruse, la perruque est de travers parce que les bras peinent à se lever pour la remettre en place. Qu'est-ce que ça peut faire ? À l'intérieur, on est le même, la même. On est soi qui rampe, soi qui marche à quatre pattes, soi qui bondit, soi qui court, soi qui boxe, soi qui dribble, soi qui enfile une aiguille sans trembler, soi qui flirte et dont le cœur bat très fort au moment où les lèvres de l'amoureux s'approchent des nôtres.

L'incident

La seule fois de ma vie où je me suis fait agresser, c'était par une vieille dame. J'étais à Édimbourg et je participais à un festival littéraire. J'y présentais, aux côtés de Jens Christian Grøndhal, mon troisième roman, intitulé *Cinq photos de ma femme*, qui venait d'être traduit en anglais. J'avais 32 ans et j'étais invincible. C'était l'été, il faisait beau. Sous un barnum blanc nous étions, le grand écrivain danois et moi-même, interrogés par un journaliste. J'étais la première à intervenir.

Le médiateur me questionna sur mon personnage principal, Max Opass, âgé de 80 ans et qui, après la mort de son épouse, décide de demander à des artistes d'exécuter un portrait d'elle à partir de cinq photos qu'il leur fournit, espérant que cette commande lui permettra de trouver la paix et d'accepter la disparition de celle dont il a partagé la vie.

Je racontai les différents épisodes, les rencontres avec les peintres, et évoquai aussi le passé du héros, les camps de prisonniers d'où il s'était échappé durant la Seconde Guerre mondiale, la déportation de ses proches, son adolescence soviétique. J'étais d'autant plus sûre de moi que je m'étais appuyée, pour brosser le portrait de Max, sur les souvenirs de mon grand-père, Boris Jampolski. J'étais tranquille parce que mon livre avait été traduit en anglais, qu'il avait reçu un bon accueil dans la presse, qu'il s'était retrouvé sur la liste d'un prix prestigieux outre-Manche. Je croyais que j'étais un bon écrivain. Peut-être même pensais-je que j'étais un grand écrivain. Ces sentiments m'ont entièrement quittée depuis.

Est-ce à cause de l'incident qui a suivi ?

Au premier rang était assise une femme très âgée, aux cheveux courts et blancs, au corps chétif et aux yeux protégés de la lumière par de larges lunettes foncées qui masquaient parfaitement ses prunelles. Je la voyais acquiescer. Elle me faisait penser à Tania, la poétesse d'autrefois, amie de mes grands-parents, Tania du Château des Rentiers. Je la regardais souvent, comme si je m'étais adressée en priorité à elle parce que j'avais l'impression qu'elle se passionnait pour mon récit.

Au terme de l'entretien, l'animateur se tourna vers le public pour récolter les questions de la salle, avant de passer la parole à Jens Christian Grøndhal. La petite femme au premier rang se leva aussitôt, tel un diable sortant de sa boîte, et se mit à me hurler dessus de toutes ses forces (qui étaient bien plus grandes que ce que son frêle squelette laissait supposer). En anglais teinté d'accent écossais, elle dit quelque chose comme : « Vous n'êtes qu'une petite donneuse de leçons qui ne connaît rien à rien. Comment osez-vous parler de la guerre ? Comment osez-vous parler de la vieillesse ? Vous n'avez aucune idée de ces choses ! Vous n'avez rien vécu. Rien. Vous n'êtes qu'une insolente qui se croit tout permis parce qu'elle écrit des livres. Mais vous n'avez pas le droit, vous m'entendez ? Vous n'avez pas le droit de parler de ce que vous ne connaissez pas. » Un silence suivit.

Le journaliste lui demanda si elle avait lu mon livre. « Certainly not ! » s'écria-t-elle. « Eh bien, lui répondit-il avec courtoisie, cela ne m'étonne pas. Si vous aviez lu le roman de madame Desarthe, vous ne tiendriez pas ce genre de propos. » Il dressa, pour l'en persuader, un panégyrique touchant de mon œuvre.

J'en rougis rétrospectivement.

Je demandai le micro car, pendant que la furie s'époumonait, j'avais construit une riposte. Je me sentais en pleine possession de ma méthode, de mon art et de la discussion. J'avais prévu de citer Grace Paley, l'auteure américaine, qui disait : « J'écris avec ce que je ne comprends pas. » Il me semblait que cette phrase me permettrait d'enchaîner sur l'écriture comme enquête à propos du réel, traque aveugle de la vérité. Les arguments étaient prêts, aucun mot ne manquait, mes années d'étude de l'anglais me garantissaient une réplique élégante, dépourvue d'agressivité. J'étais heureuse de pouvoir voler à mon propre secours, tout en brillant, au passage, par mon bel esprit de répartie et ma maîtrise du discours critique.

Je n'avais qu'à ouvrir la bouche.

C'est ce que je fis.

J'ouvris la bouche.

Mais à cet instant, comme la méchante sœur dans le conte de Perrault qui voit jaillir de son gosier vipères et crapauds, alors que la gentille sœur crache perles et diamants, je sentis ma gorge se serrer et ne pus articuler un mot. Un vagissement déchira ma poitrine. Des larmes franchirent brutalement mes paupières, abondantes, incoercibles, menaçant d'inonder non seulement mon visage, mais aussi mes vêtements et la scène sur laquelle l'animateur médusé, Jens Christian Grøndhal, impeccable bien que déconcerté, et moi-même nous tenions. J'avais honte. Je me donnais en spectacle. Je montrais une image pathétique de la France, des écrivains français.

Je tentai de me calmer en respirant profondément. Je refermai la bouche afin de ravaler mon gémissement.

Le calme revint en moi aussitôt.

L'animateur proposa de continuer la rencontre en soumettant une question au grand écrivain danois. Mais je me sentais si bien, si parfaitement délivrée de mon mal et si impatiente de me rendre justice que je lui fis signe de me laisser répondre. Je souriais. J'étais soulagée. J'avais pleuré un bon coup et j'allais montrer à cette femme, dont je comprenais par ailleurs fort bien l'indignation, qu'elle se trompait.

On me tendit le micro.

J'ouvris la bouche.

Aussitôt une plainte indécente (Médée égorgeant ses propres enfants ?) s'éleva sous le barnum.

Jamais un son pareil n'était sorti de mon corps.

Quelle puissance ! Où étais-je allée chercher ça ? J'étais une Walkyrie.

Je renonçai à parler, fis un geste d'excuse et me préparai à écouter mon camarade scandinave.

Comme si de rien n'était – bénis soient les flegmes conjugués des Saxons et des Nordiques ! songeai-je –, le débat reprit entre l'animateur et Grøndhal.

Ce fut un bel échange et je passai un moment fort plaisant à écouter ces messieurs discuter. Je me disais que j'avais beaucoup de chance de partager le plateau avec un romancier si délicat, si inspiré. J'oubliai tout tandis qu'il s'exprimait dans un anglais radieux. Comme c'est intéressant, parfois, les livres ! pensais-je.

Une quarantaine de minutes plus tard, le journaliste pria le public de s'exprimer. Plusieurs personnes intervinrent, avec à-propos et bienveillance.

Pour conclure, l'animateur, constatant que j'avais retrouvé mon sang-froid, m'engagea à répondre à une question concernant ma pratique de l'écriture à la fois pour les enfants et pour les adultes. Je songeai qu'il me procurait l'occasion d'achever la rencontre en évoquant le statut de l'enfant observateur et de ce qu'il a en commun avec l'écrivain et, coïncidence heureuse, avec les vieillards.

J'allais tout réparer.

J'ouvris la bouche.

Hurlement, larmes, honte.

L'entretien prit fin.

On me mena vers un autre barnum où je devais dédicacer mon roman. Dès qu'un lecteur me manifestait sa sympathie, j'éclatais en sanglots. J'avais perdu la parole. Une digue en moi avait cédé. J'étais en crue. J'étais foutue.

C'est alors qu'un homme, Jean-Marc T., dont j'appris par la suite qu'il était le directeur de l'Institut français, vint vers moi et me dit : « Ne restez pas là. Vous avez un problème. Je vais vous emmener déjeuner, vous ne parlerez pas, je ne vous demanderai rien, je vous raconterai des histoires, vous n'aurez pas besoin d'ouvrir la bouche, pas une seule fois. Sauf pour manger. »

Mon sauveur fit ce qu'il avait promis. Il parla. Il ne me demanda rien. Il me nourrit. Il m'assura que mon aphasie n'était que passagère. Je le crus.

Après avoir réglé l'addition il m'annonça que j'étais attendue à la BBC pour une interview en direct. « Je suis certain, déclara-t-il, que ça va bien se passer. C'est dans dix minutes. On a tout juste le temps de sauter dans un taxi. »

Face au micro de la radio écossaise, quelques instants plus tard, j'ouvris la bouche.

J'avais retrouvé la parole.

J'ai souvent raconté cette mésaventure. C'est une bonne anecdote. Elle remporte de beaux succès. Je mime les différents personnages, j'imite l'accent écossais, je pousse le hurlement, j'adopte la mine dubitative de Grøndhal, je tiens mon auditoire en haleine en créant un suspense autour de mon aphasie. Je sais qu'une des raisons pour lesquelles j'y reviens est que, malgré sa transparence, cette histoire conserve pour moi une opacité qui continue de me blesser. Plus je la partage, plus je m'exorcise. Plus je la partage, plus elle devient toxique. Le poison qu'elle recèle se dilue autant qu'il se répand à chaque narration. Ainsi j'échappe à la malédiction et je la subis dans le même geste. C'est comme dans les récits mythologiques où l'oracle qui devrait prémunir contre la catastrophe tient lieu d'incitation. « De ton neveu naîtra le scandale », alors je tue mon neveu, et c'est justement sa mort qui me précipite dans le néant. « De ton neveu naîtra le scandale » est une phrase elliptique. Il faudrait aiguiser le sens en précisant : Du meurtre de ton neveu naîtra le scandale. Ainsi l'augure serait prémonition, et l'oncle se dirait : Je ne toucherai pas à un seul de ses cheveux. Mais ce serait sans saveur car sans équivoque. Notre besoin de catastrophe est notre penchant le plus vif.

Raconter cette histoire me soigne. Raconter cette histoire me nuit. Quelque chose en moi acquiesce avec la diablesse aux cheveux blancs. Elle a raison : je n'y connais rien. Je n'ai pas le droit d'écrire. Je n'ai pas le droit de parler.

Le voyage immobile

Je me demande si tous les amis de mes grands-parents, leurs voisins de palier au Château des Rentiers, étaient d'anciens communistes. Ils venaient tous de la même région. La Bessarabie. Que certains appellent la Moldavie. Et que d'autres associent à la Bucovine. Ce sont en réalité trois secteurs différents dont les frontières, les langues et les régimes politiques ont si souvent varié que leurs noms désignent davantage des moments de l'histoire que des lieux. Je me rappelle trois villes : Kichinev, Beltsi, Czernowitz. La dernière est aujourd'hui contenue dans les frontières de l'Ukraine. Quand j'étais enfant, je me croyais d'origine ukrainienne. Sans doute à cause d'un ancêtre originaire de Czernowitz. Mais Tsila était, je crois, née à Beltsi. Ou bien était-ce Boris, mon grand-père ? Qui était de Kichinev ? Si l'on m'avait interrogée lorsque j'avais une trentaine d'années, j'aurais eu moins de mal à répondre, non parce que je perds la mémoire (je n'en ai jamais eu beaucoup), mais parce qu'à l'époque mon grand-père et ma mère étaient encore vivants et qu'il m'arrivait de les entendre évoquer ces lieux. Aujourd'hui que ces deux voix se sont tues, les noms se mélangent.

Il y a deux mois, j'ai rêvé que j'obtenais une bourse pour me rendre en Moldavie. Je n'y partais pas seule. Quelqu'un était à mes côtés, ami, amie, traducteur, assistant. Nous prenions le train. Nous prenions le car. Nous rencontrions des habitants. Nous tentions de retrouver les maisons. Et, pour finir, nous descendions jusqu'à la mer Noire.

La mer Noire, j'y suis allée, il y a bien longtemps, lors d'un séjour en Roumanie. J'ai contemplé les eaux bleu très foncé. Des souvenirs qui ne m'appartenaient pas m'ont envahie. Souvenirs de chaleur et de baignade, de quartiers de pastèque.

Dans mon rêve, c'est une autre plage que je longeais. Celle où mes grands-parents se sont baignés.

Je ne suis pas sûre qu'ils savaient nager.

Je soupçonne mon attachement à la mer Noire d'être né d'une confusion avec le titre d'une chanson célèbre, *Les Yeux noirs*, dont j'ai toujours adoré la mélodie et, plus particulièrement, le moment où les paroles font *Kak lioubliou ia vas, Kak baïous ia vas* (comme je vous aime, comme je vous crains), s'adressant à la fois aux yeux noirs si beaux et à la personne qui les possède.

Dans mon rêve, j'enregistrais des entretiens, je prenais des photos, je pleurais sur une absence de tombe, j'errais dans une forêt à la recherche d'indices, je croyais découvrir une trace, une piste. Les noms correspondaient, les dates aussi. Nous nous emballions, mon comparse et moi. Nous éprouvions une euphorie difficile à contenir. Sur les photos, nous souriions trop. Sur les enregistrements, nous parlions exagérément fort. Je prenais des notes, j'organisais mes fiches. Je faisais tout ce que les gens font dans les livres et les documentaires mémoriels : je cherchais, j'espérais et, à la fin, je trouvais que je ne trouvais rien, le rien devenait le centre de ma quête, j'étais bouleversée par le néant, l'impossibilité de recueillir des témoignages. La piste était fausse. Les traces s'effaçaient d'elles-mêmes.

Au réveil, je me suis senti une vocation d'économe. Puisque lors de ces voyages, l'on ne découvre jamais autre chose que ce que l'on connaît déjà, puisque parcourir les distances qui nous séparent du passé échoue à nous en restituer l'étoffe, le goût, puisque c'est toujours un champ de ruines que l'on finit par contempler, à quoi bon dépenser l'argent d'une bourse d'études ?

Je n'ai qu'à rester chez moi. Regarder le jardin par la fenêtre de mon bureau, imaginer que ma mère vient s'asseoir dans la balancelle, installer ma grand-mère et ses amies autour d'une table en fer pour leur offrir un thé noir et brûlant qu'elles boiront, un carré de sucre serré entre les dents.

C'est tellement plus vrai ainsi. Car ainsi, elles sont vivantes. Et voilà que mon grand-père débarque, en « marcel », mèche cache-misère en travers de sa calvitie, et à mesure qu'il avance, les femmes disparaissent et il rajeunit. Il porte à présent un polo rentré dans une culotte de golf. Puis le polo se change en chemisette, et ses mollets jaillissent d'un short large. Il agite un drapeau rouge en courant vers moi. Il a 5 ans. Nous sommes en 1917 et mon jardin se trouve quelque part entre Beltsi, Kichinev et Czernowitz. J'entends des noms en « ol » : *Komsomol*, *Molossol*, *Kolokol*. De l'arbre tombent des cerises noires, au bord des chemins poussent des ajoncs. Une femme vêtue d'une longue jupe et d'un tablier, foulard ceignant sa tête au-dessus des sourcils, l'appelle. C'est sa grande sœur. C'est sa mère. Mon jardin s'emplit bientôt d'une nuée de silhouettes. Des femmes, des enfants. Des enfants, des femmes. Des vieux, des vieilles. Ils s'interpellent, se sourient. Ils ont les yeux bleus, ils ont les yeux noirs. Ils ne sont pas encore morts. Ils sont tous juifs, ils sont tous communistes.

Pierroterie

À regarder mes grands-parents et leurs amis, on ne craignait pas de devenir vieux. Car vieux ne signifiait pas « bientôt mort ». Vieux signifiait « encore là ». Vieux, au Château des Rentiers, était synonyme de temps. Non pas du peu de temps qu'il reste, mais du temps dont on dispose pour faire exactement ce que l'on a envie de faire. Le temps était celui, délicieux et coupable, du sursis. Ils avaient survécu. Ils sur-vivaient et conjuguaient ce verbe au pied de la lettre : vivant supérieurement, et discrètement aussi, à la façon des superhéros, dont les superpouvoirs sont enivrants et doivent demeurer secrets.

La fille sur la banquette du dessous était morte de froid, le voisin de pioche qui creusait la tombe collective avait glissé dans la boue et s'était cogné le front contre une pierre, l'épouse avait été raflée, le mari n'aurait jamais dû aller se déclarer à la mairie. Les enfants, les taties, les petits frères, les sœurettes, les neveux, les cousins, toutes sortes de bébés plus mignons et dodus les uns que les autres avaient péri, tandis qu'eux étaient encore là.

En écrivant ces mots, je me vois, petite fille, plongeant les yeux puis les mains dans le coffret à bijoux de ma grand-mère. Parodie de celui que, dans certaines familles, on préfère conserver à l'abri d'une combinaison qui scelle une lourde porte de métal. Tsila n'était ni élégante ni coquette. Elle n'avait jamais eu d'argent. Si bien que ses bijoux étaient de verroterie, de pierroterie. Rien n'avait de valeur, mais tout scintillait dans un mélange irisé. Moelleux grésillement des chaînes en plaqué argent, roulis nacré des rangs de perles (fausses), éclats arc-en-ciel des colliers rapportés de Vintimille. Je procédais à cette contemplation dans la semi-obscurité du vestibule, car c'était là que se trouvait la boîte renfermant les trésors, dans un meuble à étagères que j'explorais à chaque visite.

Le passé était pesant, les objets légers.

Et moi, je ne voyais, je ne touchais que les objets.

Dialogue

Ces temps-ci, je ne me contente pas de rêver, de passer une partie de mes nuits à inventer des méthodes de travail impossibles à appliquer, j'entre en conversation avec moi-même. Je m'interroge, je me critique, je m'évalue.

– Ça n'intéresse personne.

– Quoi ?

– Ton livre. Ton projet. Personne ne veut lire un livre sur les vieux. Personne n'a envie de penser à comment ce sera plus tard, si plus tard c'est quand on est presque mort.

– Ça me fait chaud au cœur.

– Quoi ? Ce que je te dis ?

– Non. Ça me fait chaud au cœur quand je pense à mon projet, au livre que je vais peut-être écrire, à l'endroit que j'essaie d'inventer.

– C'est quoi, ces mots ? Comment tu parles ? On dirait une illuminée.

– Mais toi, par exemple, tu te vois comment plus tard ? Tu te vois où plus tard ?

– Je n'ai pas envie d'y penser. Je n'ai pas le temps d'y penser. Ton truc, c'est une problématique de nantie.

– Ah ? Ah, bon. Je ne vois pas pourquoi. Passons. Tu ne t'es jamais demandé pourquoi les radios, les chaînes de télé, les salles de spectacle, les festivals se plaignent souvent de n'attirer que des vieux ? Ils veulent rajeunir leur public. C'est une obsession. Faire venir des jeunes. Jamais dans l'autre sens. On n'entend pas de phrases comme : « Nous cherchons à vieillir notre public. » Les organisateurs de rave partys, les producteurs de rap ne prononcent jamais cette phrase : « On aimerait voir un peu plus de têtes blanches ! » Pourquoi ?

– C'est logique.

– Je ne vois pas de logique là-dedans.

– Si tu fais venir des jeunes, dans dix ans, ils seront encore là. Si tu fais venir des vieux, dix ans plus tard, ils seront morts.

– C'était quand, la dernière fois que tu es allé à un concert de rap ?

– Je n'écoute pas de rap.

– Bon, alors de rock ?

– Je ne vois pas le rapport.

– Les choses que l'on fait quand on a 14 ans, on ne les fait plus à 24. Les vieux, eux, sont fidèles. Ils continuent d'aller au cinéma, au concert, au théâtre.

Mon autre moi ne veut plus discuter. Elle se lève et met un disque. Nous écoutons les Beatles chanter *When I'm Sixty-Four* et nous chantons en chœur le refrain : *Will you still need me ? Will you still feed me ? When I'm sixty-four.*

T'auras besoin d'moi ? Dis, tu m'nourriras ? Quand j's'rai un senior.

Nous réservons notre réponse.

Le regard des autres

Je n'ai jamais eu une conscience claire de l'âge. Je suis imbattable pour deviner l'heure qu'il est sans jamais porter de montre, mais je me trompe sur l'âge des gens, et sur le mien pour commencer.

Un matin, j'ai reçu chez moi une iconographe pour discuter de la couverture d'un roman. Elle s'est installée à la table du salon et a ouvert un grand portfolio. J'ai apprécié sa façon de travailler « à l'ancienne », de regarder des planches avant de s'engouffrer dans les méandres de l'Internet. Tandis qu'elle faisait défiler les images devant moi, j'observais son visage, sa peau mate, ses cicatrices d'acné sur les joues, sa bouche pulpeuse, la mèche de cheveux lisses et lourds qui retombait sur ses yeux. J'éprouvais plus de plaisir à la regarder qu'à examiner les photos et les dessins qu'elle me proposait. J'avais l'impression de la reconnaître. Nous nous étions déjà vues, mais où ? Et soudain, j'ai compris.

– On n'était pas ensemble au lycée, ou à l'école ? me suis-je exclamée.

Elle a levé un visage effaré vers le mien.

– Ça m'étonnerait, s'est-elle défendue. J'ai 28 ans.

J'en avais 42 et je ne voyais aucune différence entre nous.

Trois ans plus tard, à 45 ans, je suis tombée enceinte de mon quatrième enfant. Mon amie L., ma quasi-jumelle, qui venait d'avoir un bébé, m'a félicitée quand elle a appris la nouvelle. Son enthousiasme m'a surprise. Et surtout le ton solennel avec lequel elle a déclaré que j'étais une héroïne, tout en me souhaitant du courage, beaucoup de courage.

– Pourquoi ?

– Pour affronter le regard des autres, a-t-elle répondu.

Le regard des autres ? Il me semblait que cette amie et moi, nous nous en étions affranchies depuis longtemps. J'ai pensé qu'elle plaisantait. Mais ce n'était pas le cas. Elle a ajouté, sans que je lui demande d'explication :

– Les gens détestent ça.

– Quoi ?

– Ce que tu fais. Ce qu'on fait.

– Qu'est-ce qu'on fait ?

Alors que j'entrais dans le huitième mois, je suis allée à la maternité pour un contrôle avec un obstétricien que je n'avais jamais rencontré. Quand je suis arrivée dans son cabinet, il avait les yeux plongés dans mon dossier. Il ne les a pas levés pour me dire bonjour. Il ne m'a pas saluée. Il avait l'air accablé. Et il l'était. Il secouait la tête en poussant des soupirs.

– Qu'est-ce que vous avez fabriqué ? a-t-il fini par dire.

– Comment ?

– 46 ans ! Qu'est-ce que vous avez fabriqué pour tomber enceinte ?

J'ai bafouillé quelque chose autour du fait que j'étais dyscalculique depuis l'enfance et que je m'étais tordu les méninges dans l'arithmétique des cycles.

– 46 ans ! a-t-il répété. Qu'est-ce que vous avez pris ?

J'étais embarrassée. Je me demandais s'il fallait que je présente des excuses. Que je dise à la manière des enfants : « J'ai pas fait exprès. » Ce qui était la stricte vérité.

– Allongez-vous sur la table d'examen, a-t-il ordonné sans attendre ma réponse. On va pas le laisser pourrir là-dedans !

Il m'a examinée sans me regarder, trop empli de dégoût. Les yeux rivés sur son moniteur, il promenait son instrument enduit de gel visqueux sur mon ventre avec brutalité.

Il a constaté que le bébé ne donnait aucun signe de souffrance et s'en est étonné. Mais il a néanmoins jugé nécessaire de répéter :

– On va quand même pas le laisser pourrir là-dedans.

J'ai pensé : Quel mauvais médecin. Quel pauvre type. Quel porc.

En sortant de son cabinet, à peine affaiblie, j'ai songé qu'une autre que moi aurait fondu en larmes. Une qui aurait été plus apte que je ne le suis à comprendre la dynamique des âges. Une qui aurait possédé une conscience plus aiguë de sa propre finitude.

La diablesse d'Édimbourg avait raison. Je ferais mieux de me taire.

La cleptomane et la poubelle

Je me tais et me vient une idée : je vais faire parler les autres, ceux qui savent, ceux qui ont vécu le déclin, traversé le grand âge ou accompagné leurs parents dans ce périple. J'envisage de me faire passer pour une journaliste afin de recueillir leurs confidences sous le couvert d'une enquête. Mais j'y renonce, les mensonges ne mènent à rien.

Les personnes que je rencontre savent que je suis écrivain. Je leur expose mon projet en termes confus : je voudrais inventer un modèle, une utopie du grand âge, un lieu, une idée (je n'ose pas utiliser le mot concept) pour donner envie à… à tout le monde, en fait, d'y aller. Quand on est enfant, on passe la moitié de son temps à répondre à la question : « Qu'est-ce que tu veux faire quand tu seras grand ? » et l'autre moitié à s'entendre répondre : « Tu es trop petit. » Être grand, cela fait tellement envie. À force, on prend le pli, on conserve l'habitude de se projeter dans l'avenir pour trouver la force d'affronter le présent, de surmonter un obstacle. Dans une semaine, j'aurai terminé tous mes contrôles de maths et rendu ma dissert de philo. Dans six mois je passerai mon permis de conduire. Dans quatre mois mon traitement sera terminé. Dans deux ans mon bébé entrera à l'école. On ne cesse de s'envoyer mentalement dans le futur et puis, un jour, on se met à craindre, si on vise trop loin, de tomber sur la case « désolé, vous êtes mort ». J'explique tout cela à des gens qui n'ont pas envie de se voir confrontés aussi brutalement à une réalité qu'ils ont pris l'habitude d'écarter de la main comme on éloigne une mouche. Alors, pour me rattraper, pour m'assurer qu'ils seront malgré tout bien disposés, je parle de mes grands-parents, du phalanstère improvisé de la rue du Château des Rentiers. Je raconte que je voudrais faire comme eux, trouver un moyen de combattre la solitude, de continuer à m'amuser et, pourquoi pas, à apprendre. Je décris les lieux tels que je les ai imaginés : plusieurs bâtiments, un jardin, des animaux, des séances de sport, de peinture, des ateliers de pâtisserie ouverts aux enfants. Madame G. m'interrompt et me lance : « Qui va payer pour tout ça ? » Je m'embrouille encore davantage. Je prétends que l'important c'est d'y penser, que je m'efforce surtout de tendre vers quelque chose. Ils en ont assez de m'écouter. Ils veulent parler. J'oublie trop souvent à quel point les gens aiment parler.

Quand je sors mon carnet de notes et mon enregistreur, précisant que les discours seront anonymisés, qu'une relecture aura lieu et que je demanderai l'accord de chacun avant de publier leurs témoignages, mes cobayes s'impatientent. Toutes ces précautions (que monsieur R. nomme des « chichis ») sont inutiles. Je constate que mes interlocuteurs comprennent parfaitement à quel type de pillage je procède. Ils me disent : « De toute façon, on sait bien comment c'est. Vous mettez tout ce qu'on vous raconte dans les bouquins. Vous prenez tout. » Et c'est un peu comme s'ils acceptaient d'ouvrir leur portefeuille en présence d'une cleptomane.

Ils ne me font pas confiance, et pourtant, ils me parlent. Car ce qui m'intéresse n'intéresse personne, c'est donc sans valeur.

Finalement, c'est plutôt comme s'ils ouvraient leur poubelle en présence d'une cleptomane.

Mais, comme vous le diront les éboueurs et les gardiens de décharges – sous la torture car ils n'aiment pas livrer ce genre de secrets –, c'est dans les poubelles que l'on découvre les plus fabuleux trésors.

Chœur

Henri, 82 ans – Vieillir, c'est un désastre.

Marie, 79 ans – Ma belle-fille ne me laisse pas voir mes petits-enfants. Elle me déteste. Mais moi, je n'ai rien d'autre dans la vie. C'est la seule chose qui me reste. Chaque année, mon fils m'envoie leur photo de classe. Je pense qu'il fait ça en cachette de sa femme. Cette année, j'ai remarqué que l'aîné portait un appareil sur ses dents. Des bagues, ça s'appelle.

Sylvette, 75 ans – Je n'ai pas d'âge. Je ne me sens pas vieille. Est-ce que je me sens jeune ? Non. Je ne me pose pas la question. Je fais exactement ce que j'ai envie de faire quand j'ai envie de le faire. C'est peut-être ça, être vieille. Alors oui, oui, je suis vieille. Et c'est merveilleux.

Georges, 83 ans – Je prends du Viagra. Quand je vois ces petites pilules, je me sens mieux. Parfois, je n'en prends pas. Je regarde la boîte. Je suis content. Et ma femme ? Comment ça, ma femme ? Qu'est-ce qu'elle prend ? Je ne sais pas.

Colette, 67 ans – Je ne me plains pas. J'ai horreur de la plainte. Les gens se plaignent sans arrêt. « J'ai mal ici. J'ai mal là. Je ne peux plus lever la jambe. J'ai du mal à enfiler mes chaussettes… » C'est indécent, tu ne trouves pas ? Et la misère du monde, alors ?

Lynda, 95 ans – Je suis arrière-grand-mère. J'ai cinq enfants, quatorze petits-enfants et huit arrière-petits-enfants. Il y a des jumelles. Il y a des jumeaux. Il y a des pédés. Moi, je ne voulais pas dire comme ça, mais c'est eux qui m'ont dit : Si si, Lili – tout le monde m'appelle Lili dans la famille –, tu peux dire comme ça. Il y en a une qui est moitié noire. Il y en a un qui a marié une juive. Celui qui fait des tatouages, il habite à Berlin, mais avant c'était une fille. Tout le monde s'entend bien. Tout le monde est gentil avec moi. Lou-Anna, qui est la copine de mon arrière-petit-fils, celui qui est dans la Corrèze, elle m'a dit : « Je te donne un cours de yoga quand tu veux, Lili. Pour toi, c'est gratuit. » Et pourtant, ils n'ont pas beaucoup d'argent.

Rivka, 78 ans, *debout devant son évier, le regard rêveur* – J'aime ma vie. Je n'ai aucun regret.

Mehdi, 70 ans – Je n'ai jamais vu quelqu'un d'aussi entêté. Elle veut danser, qu'elle danse ! Qu'est-ce que tu veux que je te dise ? Je la conduis, tous les samedis soir et dimanches après-midi. Je l'emmène en voiture. Je mets les cannes dans le coffre. Pour aller du parking à la salle, elle est contente de les avoir, ses cannes. Sauf s'il y a du monde. S'il y a du monde sur le parking, elle me les refile et c'est moi qui dois marcher avec les cannes. La musique est trop forte. Ça me casse la tête en deux. Mais elle, vu qu'elle entend rien, elle trouve que c'est jamais assez fort. Quand on s'est connus, elle était déjà comme ça, mais elle avait 30 ans, et moi, j'en avais 20. On passait toutes nos nuits en boîte. Juan, Ibiza, Mykonos, Casa. Elle fait encore illusion… En tout cas, moi, quand je la vois danser…

Ginette, 88 ans – Il boit. Il mange rien. Il regarde la télé. Il met ses vêtements par-dessus son pyjama. Il ne dit bonjour à personne. Dans la rue, quand on marche et qu'on rencontre des connaissances, il baisse la tête. Je n'aime pas… oh, je ne sais pas si je vais le dire. Il est pire qu'un mari. Un mari, on s'habitue. Je n'aime pas comment il sent. Voilà. Je l'ai dit. Je n'aime pas son odeur. Une odeur de vieux. Un mari, on s'habitue. Mais lui, il sent le sur et le sucré et un peu la poussière. Mes maris n'ont jamais senti comme ça. Vous savez, je suis partie sur un coup de tête. Mon premier mari, c'est lui qui m'a quittée, après, il y a eu mon deuxième qui est mort, et au troisième, j'aurais dû m'arrêter. J'aurais dû le garder. J'avais 69 ans et je suis tombée amoureuse. Je crois que c'était purement sexuel. Je ne vous choque pas ? Mais à l'époque, il n'avait pas la même odeur. Il ne sentait pas très bon, mais… Moi, je fais des efforts. Je vais chez le coiffeur, je me maintiens, je fais de la gym, je ne mange pas gras, jamais d'alcool. Je ne regarde pas la télé. Je crois que c'est quand il s'est mis à regarder la télé qu'il est devenu comme ça. Comme il est. Avec son odeur.

Bernard, 76 ans – Je suis fâché avec tout le monde. Avec mes amis. Avec mes enfants. C'est des cons. Je préfère être seul. Je suis autonome. Je suis indépendant.

Arlette, 81 ans – J'ai commencé à porter des protections à 67 ans. Au supermarché, le rayon protections pour adultes est bien achalandé. Je me dis que je ne suis pas seule dans mon cas. J'ai honte. Mais je ne suis pas seule.

Pierre, 91 ans – Tous des cons.

Véronique, 62 ans – Ma mère ne peut pas rester chez elle. Elle ne sait même plus où sont les interrupteurs dans son appartement. Toutes les semaines, elle tombe. Parfois, quand mon frère vient lui rendre visite, il la trouve par terre au milieu du salon, dans le noir. On ne sait pas depuis combien de temps elle est comme ça, par terre, au milieu du salon. Elle est souillée. Il la nettoie. Je ne sais pas comment il fait. Moi, je ne supporterais pas. Il faudrait qu'on lui trouve un Ehpad, mais c'est cher. Il n'y a pas de place. Je me sens coupable. Je pourrais la prendre chez moi. Avant, c'est comme ça qu'on faisait. On prenait les vieux à la maison. Mais plus personne ne le fait. Ça ne se fait plus. C'est trop déprimant.

Le plan

Hier, j'ai eu rendez-vous avec F. Un ami architecte. Nous nous voyons pour discuter de mon projet. Il est optimiste. D'après lui je devrais toucher d'importantes subventions. Je lui demande si cela ne le dérange pas de perdre du temps sur cette histoire sans savoir s'il va être payé.

– J'ai toujours estimé, dit-il, qu'il devait y avoir une part de bénévolat dans une vie juste.

Je le regarde avec tant d'admiration qu'il en est gêné.

– Nan, je déconne. Je pense sincèrement que c'est une très belle idée et que tu vas obtenir plein de pognon. En plus, il faudra bien que je mette mes parents quelque part.

Il rit.

Je n'ose pas lui dire que cela le concerne directement. Pour ses parents, c'est déjà un peu tard. Il lui faudra trouver une autre solution.

Je sors de mon sac les dessins que j'ai faits. Plusieurs bâtiments articulés autour d'une cour sont figurés par des rectangles hachurés. Je ne me suis pas encore penchée sur le détail. F. regarde les feuilles où se déploie une série de variations sur le thème du quadrilatère entouré de quadrilatères. J'ai conscience que c'est pauvre. Je tente donc de noyer mon embarras dans un flot de paroles :

– L'important, c'est surtout la cour, la convivialité, l'espace en commun.

Je lui parle du Château des Rentiers, des promenades en chaussons d'un appartement à l'autre, des visites pour rendre les graines de pavot qu'on a empruntées la veille, des verres ouvragés pleins de thé brûlant posés sur le formica jaune de la table de cuisine, des parties de cartes dans le salon changé en tripot.

Je suis étonnée de l'attention qu'il porte à mes propos. Il écoute avec une extrême concentration, prend des notes, griffonne quelque chose au centre de la cour que j'ai dessinée, trace des lignes, fronce les sourcils, inspire profondément comme pour rassembler ses forces.

J'ai rencontré F. il y a peu de temps. Il n'a pas connu mes grands-parents. C'est un papa de l'école. Il est un peu plus jeune que moi. Ses cheveux mi-longs, déjà poivre et sel, encadrent un visage juvénile qui s'organise autour de longs sourcils très bruns et d'un nez droit aux narines palpitantes. Je me rends compte que j'éprouve beaucoup de plaisir à parvenir aussi parfaitement à capter son attention.

Après que j'ai terminé mon exposé, il hoche plusieurs fois la tête, puis la secoue et se met à tracer de nouvelles lignes.

– La cour centrale, ça ne fonctionne pas. C'est le contraire de ce qu'il faut. Une cour, c'est synonyme de vent. On n'y est abrité ni du froid ni de la pluie. Les vieux ne se rendront jamais visite en chaussons s'ils doivent traverser un espace à découvert. Il leur faut des coursives, des endroits protégés que l'on peut arpenter au sec. Dans l'immeuble de tes grands-parents, il y avait des ascenseurs et de la moquette. C'était moche, mais c'était confortable. Changer de chaussures pour les gens âgés, c'est une épreuve. S'ils commencent la journée en savates, ils n'ont pas envie d'enfiler des bottes ou des baskets. Les chaussettes et les chaussures deviennent vite tes pires ennemis quand tu as mal au dos et de l'arthrose dans les doigts.

Comment F. a-t-il développé pareille science du troisième âge ? Je voudrais le lui demander, mais je n'ose pas.

– On peut prendre modèle sur les monastères, poursuit-il. Les espaces sont reliés entre eux par des galeries et un cloître. Il faut qu'il y ait des recoins. C'est très important, les recoins, dans la lutte contre l'ennui. La monotonie d'un lieu peut vite mener à la dépression. C'est important aussi d'avoir des espaces privés, des espaces secrets. Si quelqu'un a envie de fumer une clope en douce, ou si des rendez-vous clandestins s'organisent, il faut trouver des cachettes, des alcôves. Ton dessin, c'est une cour de ferme. C'est parfait pour élever des bêtes et les avoir à l'œil, mais personne ne voudrait vivre là-dedans.

Dialogue

– Tu es amoureuse de l'architecte ?

– Pas du tout.

– Il te plaît, avoue-le.

– Il est beau. J'aime regarder son visage et me dire : Oh, comme son visage est régulier. Mais ça s'arrête là, à cette phrase très agréable à prononcer : Oh, comme son visage est régulier. C'est un bon architecte. Voilà ce qui compte. Je crois qu'il a lu Charles Fourier.

– Il a dû le googler juste avant votre rendez-vous.

– Pourquoi il aurait fait ça ?

– Pour te plaire. Pour obtenir le marché.

– Tu parles d'un marché. Travailler gratuitement sur un projet d'hospice autogéré.

– Tu lui as parlé de Fourier, non ? Tu parles de Fourier sans arrêt, à tout le monde.

– Je ne crois pas. Il a raisonné et il est parvenu aux mêmes conclusions que l'utopiste, c'est tout. Des coursives, des couloirs chauffés, du mouvement. C'est logique. Je ne comprends pas comment je n'y avais pas pensé moi-même.

– Haaaaah !

– Qu'est-ce qui t'arrive ? Pourquoi tu cries ?

– Je viens de croiser mon reflet dans l'écran de l'ordinateur en veille.

– Ton reflet, ou le mien ?

– Très drôle.

– Et alors ?

– Comment j'ai pu devenir comme ça ? Regarde mes yeux ! Et ma bouche, tu as vu ma bouche ?

– Arrête.

– Quoi ?

– Arrête de te dévaloriser. Les gens vont se mettre à te regarder autrement, à voir tes défauts. Si ça se trouve, ils n'avaient pas remarqué.

– Quand j'étais plus jeune, je ne comprenais pas pourquoi les gens détestaient vieillir. Je pensais à la fois que je serais une vieille magnifique et que je ne vieillirais jamais.

– C'est quoi, le pire, pour toi, dans le fait de vieillir ?

– La douleur. Le mouvement entravé. La fin de la souplesse. La laideur. J'ai honte de tout, de mes cheveux, de mon visage, de mes mains, de mes pieds (je ne parle pas du reste). C'est comme si je polluais l'espace visuel collectif. Cela me rend malade de timidité. Je ne sais pas comment m'habiller, comment m'asseoir, comment me relever. J'ai l'impression de m'être endormie dans un corps et de m'être réveillée dans un autre. Et ça s'est produit d'un coup. J'ai tourné la tête pour observer une araignée qui tissait sa toile entre le mur et le plafond et quand j'ai regardé de nouveau dans le miroir, j'étais devenue comme ça. Comme je suis.

– Ça t'a fait la même chose quand tu as eu 12 ans.

– Au moins, dans mon phalanstère, on sera tous vieux, on n'y verra plus très bien. Il faudra instaurer des journées sans lunettes. Nous nous regarderons les uns les autres avec plaisir et amour parce que nous serons flous. Tu me trouves futile ?

– Oui. Mais je vois que tu es triste. C'est idiot d'être triste et futile en même temps. C'est soit l'un, soit l'autre. Pense à quelque chose de gai. Raconte-moi ce que tu feras, ce que vous ferez à, au… Comment s'appelle cet endroit d'ailleurs ?

– Je ne lui ai pas encore donné de nom. Je ferai de la poterie. J'apprendrai enfin à tricoter. J'écouterai de la musique. J'en jouerai peut-être. Je préparerai à manger. Je masserai et me ferai masser. J'enchaînerai les parties de Scrabble. Je lirai, je lirai, je lirai.

– Et les autres ?

– Pareil. Ils seront là, avec moi. J'aimerais que l'on danse aussi, mais je ne sais pas si on en aura la force.

– Si on aura l'audace.

– Tu te rappelles ?

– Oui, je me rappelle.

– Quel âge avais-tu ?

– 34 ans.

– Et elle ?

– 52. Elle dansait bien pourtant. Je crois même qu'elle était prof de danse. Mais je me disais, en la voyant s'agiter avec son cou déjà un peu fripé et ses mains plus abîmées que le reste, qu'elle était ridicule. Grotesque.

– Et pourtant elle dansait bien.

– Très bien. Mieux que moi. Mieux que toutes les filles qui étaient à cette fête et qui, sans rien dire, trouvaient qu'elle aurait dû rester dans la cuisine, un verre à la main.

– Alors il faudra danser.

– Oui, tu as raison. Même mal. On dansera grotesquement pour apprendre aux morveuses que nous étions…

– Leur apprendre quoi ?

– Je ne sais pas. Il n'y a pas de fin à cette phrase.

Je pose sur la platine le concerto pour clavecin en *ré* mineur BWV 1052, un disque que j'écoute depuis que j'ai 11 ans. Et nous dansons, moi et moi-même, agiles et légères comme les touches que les mains du claveciniste effleurent. Jean-Sébastien Bach a 337 ans et nous passons une soirée parfaite en sa compagnie.

Comment dit-on ?

Le 12 août 1996, alors que ma mère avait 59 ans, la fondation Spielberg a filmé en vidéo son témoignage relatant ses années de guerre, sa vie d'enfant cachée. À l'époque, l'idée de regarder cette cassette m'emplissait d'effroi. Je venais d'avoir 30 ans et je redoutais de voir ma mère pleurer. Je craignais l'indécence. Celle qui parlait si peu avait été filmée seule face à la caméra. On lui donnait la parole alors qu'elle ne la réclamait jamais, la prenait si rarement. Si je tente de me rappeler précisément ce qui m'effrayait, je retrouve quelque chose qui s'apparente au ridicule. Un ridicule lié à l'excès de douleur. Je ne ressentais aucune curiosité pour ce document. Il me semblait que je ne survivrais que difficilement à son visionnage. C'était tabou. Je ne trouve que ce terme pour désigner la boule serrée d'angoisse, de dégoût, de curiosité, de puissance et d'ombre que générait la simple pensée de cette cassette. Ou était-ce un DVD ? Je n'ai jamais vu cet objet.

Lorsque, seize ans plus tard, ma mère est morte, mon père a jugé bon de nous confier le fichier sur une clé USB. J'ai demandé à mon mari de la dissimuler quelque part dans son bureau. La répulsion que j'éprouvais était plus forte encore que par le passé.

Qu'est-ce que le deuil ? Que signifie ce mot à la consonance grave dans lequel on entend la racine latine *dol*, commune avec celle de « douleur », et l'écho des mots « œil » et « duel ». Voilà plusieurs années que je me pose cette question. Deuil est un substantif qui varie selon les verbes qui l'accompagnent. On peut « porter le deuil » (cela ne se pratique plus trop), « être en deuil » (cela ne se dit plus trop), « faire son deuil » (cela se pratique, cela se dit). La troisième expression plus vague, moins évidemment pragmatique, est devenue très populaire. Et pendant ce temps, simultanément à cette montée en gloire, les deux autres ont décliné, autant dans les pratiques que dans la langue.

J'en suis troublée, car autant je comprends que l'on porte sa douleur (en écharpe, en crêpe, sur son visage), ou que l'on soit dans la douleur (en deuil), autant je ne vois pas à quoi correspond l'action induite par le verbe « faire ». « Faire le deuil ». Je traduis comme je peux : « faire la douleur ». Comme certaines personnes disent qu'elles ont fait l'Ermitage à Saint-Pétersbourg, les Offices à Florence, ou la Bolivie, le désert marocain, le Jura, ce qui signifie que l'on a arpenté ces lieux, parfois sans leur prêter beaucoup d'attention, d'ailleurs. L'idée, c'est d'y être allé, d'avoir sillonné, quadrillé. L'idée, c'est aussi de ne plus y revenir, comme lorsqu'on coche une case. L'essentiel se trouve dans l'accompli. Suivant cette piste, je me dis que faire son deuil, c'est arpenter sa douleur, s'y promener parfois distraitement, mais aussi secrètement mû par l'urgence d'en finir, d'en sortir pour pouvoir passer à autre chose. Plus j'avance dans cet exercice de métaphore, plus j'ai l'impression que je vis exactement le contraire. Il me semble que, dans mon cas, « faire son deuil » signifie « pouvoir y retourner ». Enfin ! Pouvoir regarder le film dans lequel ma mère, encore vivante, de trois ans plus âgée à l'époque que je le suis au moment où j'écris, raconte sa vie d'enfant de déporté, d'enfant cachée. Revoir, c'est mieux voir. Comme relire, c'est mieux lire. Faire son deuil, faire sa douleur, c'est donc, dans mon cas, arpenter le manque, chaque recoin de chagrin, soulever une à une toutes les pierres où d'anciennes poussières de souffrance sont allées se loger, cela dans le seul but, non d'oublier, mais de recommencer à fréquenter la personne disparue. Un peu comme, après une rupture, les anciens amants qui redoutaient de se croiser sont heureux de se donner rendez-vous, simplement heureux, car la peur, la rancœur, le désir ont déserté l'espace, n'y laissant que la douceur de la familiarité.

Le visage de ma mère

C'est parce que je craignais de commettre des erreurs dans mon récit, que j'avais le sentiment d'être trop approximative concernant les dates, les lieux, les noms, que je me suis dit, à la fin d'une journée de travail face à mon ordinateur, cette machine qui me sert à écrire mais qui me relie aussi à une banque de savoirs, qu'il serait fort simple de vérifier ces jalons biographiques en consultant ma mère sous la forme qui est la sienne aujourd'hui, celle d'un fantôme domicilié chez Internet. Je me suis alors surprise à me rendre, comme en cachette, sur le site de la fondation Spielberg dans le but d'obtenir une copie du témoignage qui, depuis vingt-six ans, suscitait ma hantise.

Cela n'a pas fonctionné immédiatement. On était fin décembre et la fondation était fermée pour les fêtes. J'ai attendu début janvier, sans plus de hâte que d'anxiété. Une première tentative a échoué pour un motif courant chez les personnes de plus de 45 ans : mot de passe erroné. Quand ce genre d'incident survient – c'est-à-dire souvent –, je suis accablée. Je maudis la modernité. Je maudis ma mémoire défaillante, ma désorganisation, l'univers sécuritaire. Je trépigne. Je me change en victime paralysée par son bourreau numérique. Pas cette fois. J'ai repris calmement ma recherche. J'ai entré un nouvel identifiant, défini un nouveau mot de passe, et le visage de ma mère est apparu sur mon écran.

J'ai été étonnée et heureuse de constater qu'il était le même que celui que j'avais vu à l'hôpital, la veille du jour où elle avait sombré dans le coma : beau, souriant, avec quelque chose d'enfantin. Entre 1996, année du tournage, et 2012, année de sa mort, elle n'avait apparemment pas vieilli. Mais j'ai surtout été surprise par le naturel de ces retrouvailles, malgré leur aspect froidement technologique (la technologie est-elle froide ? Aujourd'hui, j'en doute), malgré l'incongruité du lieu – car, d'ordinaire, c'est dans mon lit que ma mère me visite, par la grâce des rêves –, en dépit du caractère saugrenu, si peu solennel, si ordinaire, au fond, de la démarche qui venait de nous réunir, face à face, moi sur ma chaise de bureau, elle dans le fauteuil de son salon, dans l'appartement où je suis née et où je me rends encore lorsque je vais voir mon père. J'ai appuyé, animée par une curiosité parfaitement pure, sur la barre d'espace. Et ma mère s'est mise à parler.

Cendres

Il y a quelques années, alors que je souffrais de douleurs à la hanche telles que je ne parvenais plus à marcher, je suis allée consulter un thérapeute dans une ville portuaire proche de chez moi. Il pratiquait une méthode dont il semblait très sûr. C'était apaisant de rencontrer quelqu'un d'aussi serein. Il vous donnait l'impression, dès que vous passiez la porte de son cabinet, que vous étiez sorti d'affaire.

Une large baie en verre dépoli située derrière son bureau laissait entrer la lumière du soleil blanc d'automne ; elle l'auréolait. Sur sa table étaient disposés de jolis objets en bois, des crayons, un grand cahier. Comme je lisais dans la salle d'attente au moment où il était venu m'y chercher, j'espérais qu'il m'interrogerait sur le roman que j'avais glissé dans mon sac tout en réunissant mes affaires pour le suivre. J'espère toujours que les médecins vont me poser des questions sur les livres que je lis.

Il me fit m'étendre sur la table d'examen, me demanda ce qui m'amenait, posa les mains à divers endroits de mon corps en suggérant des dates. Ces dates m'évoquaient-elles quelque chose ? Je m'efforçais de répondre avec précision et sincérité, mais ma mémoire étant ce qu'elle est, ce n'était pas facile. Bien vite, je me rendis compte que je voulais surtout lui faire plaisir. Alors dès qu'il proposait une date, je disais oui, oui, ça me rappelle ci, ça me rappelle ça, en essayant de lester mes réminiscences falsifiées d'autant d'émotion que possible.

Il me certifia que j'allais me remettre complètement d'ici une quinzaine de jours. Il suffisait pour cela que j'écrive une lettre à une certaine personne (dont je lui avais parlé pendant la séance) et que je brûle cette lettre.

– Je ne l'envoie pas, je la brûle ?

– Vous la brûlez.

– Avec du vrai feu ? Je l'écris sur du papier et je la brûle avec du vrai feu, dans la cheminée, c'est ça ?

– Oui, c'est ça. Vous écrivez exactement ce que vous avez à lui dire, et vous brûlez la lettre.

Avais-je précisé, lors de l'entretien préalable, que j'étais écrivain ? Pour un écrivain, surtout lorsqu'il n'est pas graphomane, surtout lorsqu'il est graphophobe, écrire pour jeter, écrire pour brûler peut s'avérer pénible.

J'avais tellement envie de guérir.

Rentrée chez moi, je pris du beau papier, un beau stylo à plume et j'écrivis une lettre, dont j'aime penser qu'elle était belle. Je la relus une fois et allai m'agenouiller (Aïe, ma hanche ! Aïe, mes genoux ! Aïe, partout !) devant la cheminée. Je froissai le beau papier à lettres, grattai une allumette longue et regardai ce qui serait mon unique production de la journée se consumer parmi les cendres du feu de la veille.

Deux semaines passèrent. J'avais toujours aussi mal. J'envisageai de rappeler le thérapeute pour lui dire que son traitement ne fonctionnait pas. Mais n'ayant pas envie de lui faire de peine, je m'abstins.

Je me dis aujourd'hui que si tous ses patients font comme moi, il est naturel qu'il soit parfaitement confiant dans l'exercice de son art. De son point de vue, ça marche à tous les coups.

Quand je lui avais demandé s'il fallait vraiment écrire la lettre et vraiment la brûler, avec du vrai feu, j'espérais lui faire dire que l'on pouvait également procéder par mentalisation. On pense qu'on écrit et on pense que l'on brûle. Quelle différence puisque, à la fin, il n'y a pas de texte ?

Souvent je songe à ce que j'écrirais si j'écrivais et c'est beaucoup mieux que ce que j'écris quand j'écris. Ainsi, aujourd'hui, je pense à un carnet que j'aurais rapporté de mon séjour dans le Doubs. J'y aurais noté les aventures que j'y ai vécues. J'aurais consigné les détails, car ce sont eux qui me manquent, plus de quinze années après, lorsque je cherche à retracer les événements.

Dans le Doubs

J'avais été invitée à aller rencontrer des lecteurs dans les alentours de Besançon. Je devais sillonner le département en voiture, conduite par un homme portant une étonnante casquette en velours noir qui n'avait rien d'un couvre-chef de chauffeur.

Nous effectuâmes plusieurs centaines de kilomètres ensemble. Nos conversations intermittentes étaient à la fois timides et profondes : deux inconnus parlant de livres. Je regardais par la vitre la splendide nature déplumée par l'hiver débutant. Un jour, à la nuit tombée, nous visitâmes Baume-les-Dames et je fus amusée d'apprendre qu'il y avait aussi un Baume-les-Messieurs. Ou était-ce le contraire ?

Au matin, alors que j'attendais qu'il passe me chercher à l'hôtel, je vis une vieille dame entrer dans le hall et se diriger vers la réception. Derrière le comptoir se tenait, droite comme une statue, notre austère hôtesse, la patronne de l'hôtel, cheveux blancs frisés et courts, col fermé jusqu'au cou, longue jupe en lainage brun, souliers plats.

– Bonjour ? dit l'hôtelière. Que puis-je faire pour vous ?

– Sauriez-vous où se trouve la rue Champrond ? questionna la vieille dame.

– Rue Champrond ? Bien sûr. C'est de l'autre côté du pont.

– Et le pont ? Sauriez-vous où se trouve le pont ?

– En sortant, vous prenez à gauche, puis à droite et tout droit.

– Et après ?

– Après, encore tout droit, première à droite et encore à droite.

– Et donc, quand je sors de l'hôtel… ?

– Vous allez où, rue Champrond ?

– Chez moi. J'essaie de rentrer chez moi. Mais… je crois que je suis un peu perdue.

L'hôtelière comprit alors, comme je venais de le comprendre moi-même, que cette dame ne retrouverait jamais son chemin seule. Elle proposa donc de l'accompagner. Je lui demandai qui garderait l'hôtel pendant son absence.

– Personne, répondit-elle.

– Et s'il vient du monde ?

– Ils attendront, souffla-t-elle dans un haussement d'épaules discret.

– Je vais la conduire chez elle, proposai-je. Je suis descendue très en avance. Mon accompagnateur ne sera pas là avant une demi-heure.

Je pris la vieille dame par le bras et tandis que nous cheminions – à gauche en sortant de l'hôtel, puis à droite et tout droit jusqu'au pont –, elle me demanda si j'étais bisontine, sans doute parce que je me dirigeais sans peine à travers les rues grâce aux indications prodiguées par l'hôtelière.

– Non, répondis-je, ne voulant ni lui mentir ni la blesser. Je ne suis pas de Besançon. Mais j'ai un plan dans ma poche.

Je ne tenais pas à lui rappeler qu'elle ne se rappelait rien.

J'ai un plan dans ma poche.

En vérité, j'ai toujours un plan dans ma poche. Et c'est à partir de ce plan que j'écris mes livres. Un plan qui n'existe pas et qui, pourtant, est dans ma poche. Un carnet que j'ai brûlé parmi les cendres du feu de la veille.

Sur les pages de ce carnet est consignée une autre histoire qui s'est déroulée lors de ce même voyage dans le Doubs.

Les fiancés

Le conseiller de l'agence Livre et Lecture de la région Bourgogne-Franche-Comté me tient la portière, tandis que je monte dans la voiture garée sur le parking de l'hôtel. C'est lui qui m'accompagne ce jour-là. Il est très grand, mince, juvénile. Il porte des lunettes. Il est sensible et intelligent, mais si réservé, si respectueux, que l'on pourrait ne pas s'en rendre compte. Durant le trajet, il ne parle presque pas. Je sais que nous nous dirigeons vers un service de gériatrie et que les bibliothécaires ont beaucoup travaillé.

J'aimerais tant avoir l'air réservée, moi aussi. J'aimerais lui inspirer compassion et pitié. Peut-être alors me dirait-il comment faire ? Peut-être m'indiquerait-il à quoi m'attendre ? Que suis-je censée dire à ces vieilles personnes ? Sont-elles volontaires pour me rencontrer ? Qui a eu cette idée ? Est-ce un type de manifestation que l'agence du livre pratique fréquemment ?

Comme je semble à l'aise, il ne me dit rien.

Après avoir passé les portes en verre automatiques de l'hôpital, nous nous retrouvons dans une vaste salle baignée de lumière où sont disposées quelques chaises. Sur une console, je remarque un livre, le premier que j'aie écrit, alors que j'avais 24 ans, *Je ne t'aime pas, Paulus*, un roman pour la jeunesse qui raconte un déni amoureux à la première personne, dans le langage imagé et relâché des adolescents.

Nous sommes en avance. Seule une petite femme en tailleur et talons, nez pointu, œil malin, mise en plis solide, nous accueille. Elle ne se présente pas. À mes yeux, il est évident qu'elle dirige l'établissement et nous ne nous présentons pas puisque nous sommes les visiteurs tant attendus. Madame est écrivain et monsieur… Mais comme vous avez l'air jeune ! Et vous travaillez à l'agence du livre, n'est-ce pas ? Comme c'est intéressant. Quel beau parcours.

Le conseiller Livre et Lecture ne répond pas. Il se contente d'incliner la tête vaguement, par modestie, me dis-je. Alors, je ne sais trop comment, la petite dame pimpante se met à nous raconter une histoire. (J'ai tout noté dans le carnet qui a brûlé parmi les cendres de la veille, quel dommage ! Il ne me reste que des bribes.)

Et donc, comme vous l'avez compris, j'étais mauvaise élève. À l'époque, les écoles n'étaient pas mixtes. Nous, les filles, nous étions d'un côté, et les garçons, de l'autre. La cour était séparée en deux par un mur en pierre. Un mur assez haut. Je ne sais pas comment j'ai eu l'idée. Je n'y arrivais pas avec les devoirs. Mais j'aurais tellement aimé avoir de bonnes notes. Un jour j'ai posé mon cahier sur le mur. Est-ce que je voulais m'en débarrasser ? Je ne sais plus. Mais quand je l'ai retrouvé, j'ai remarqué que tous mes devoirs étaient faits. C'était magique. Le lendemain, je l'ai posé au même endroit et quand je l'ai repris, les devoirs étaient faits. L'institutrice m'a félicitée et ça a duré comme ça jusqu'à la fin de l'année. C'était un garçon de l'école d'à côté, un grand, qui avait compris mon désarroi et qui avait décidé de m'aider sans que je le lui demande. Quel gentil garçon c'était. Il était grand, très grand, et mince aussi. Un peu comme vous. Un beau garçon avec un si bon cœur. Il ne demandait rien en échange. Et c'est comme ça que nous nous sommes fiancés. Nous avons grandi et nous nous aimions beaucoup. On était encore trop jeunes pour se marier. C'était en 39. La guerre a éclaté et il a dû partir comme soldat. On s'est demandé s'il ne faudrait pas qu'on couche ensemble avant son départ. Coucher sans être marié, ça ne se faisait vraiment pas du tout à l'époque. On s'aimait tellement. Mais on a décidé qu'il valait mieux attendre son retour, la fin de la guerre, le mariage. Il n'est jamais revenu. C'était lui ou rien. Alors, rien. Quand j'y pense, qu'est-ce qu'on a été bêtes.

Elle sourit, les yeux humides. Le conseiller Livre et Lecture, qui s'est transformé, un bref instant, en fiancé de la Seconde Guerre mondiale, et moi retenons nos larmes. Je me dis que cette femme ne fait pas son âge et que c'est peut-être cet amour d'enfance jamais trahi, jamais oublié, qui l'a conservée ainsi. J'admire sa longévité à la tête du service de gériatrie. Plus de 80 ans et toujours au travail.

– Ah, je vois que madame Boysson vous a accueillis, s'exclame une femme d'une quarantaine d'années, les cheveux teints au henné, le corps rebondi mis en valeur par une blouse ajustée. C'est notre mascotte. N'est-ce pas, madame Boysson ?

Je vois alors madame Boysson se tasser et se changer soudain, balayée par cette tempête de vigueur maternaliste, en une toute petite vieille, un fétu. Ses mains se mettent à trembler, son dos se voûte. À pas menus, elle se dirige vers une des chaises éparpillées dans la salle en vue de la rencontre avec l'écrivain.

Elle prend appui sur le dossier et, comme si son corps menaçait à tout instant de partir en poussière, elle s'assied lentement, concentrée sur chaque geste, vigilante au moindre déséquilibre, portant une attention anxieuse aux lois de la gravitation universelle.

Quelques minutes plus tard, elle est rejointe par les autres pensionnaires et je comprends pourquoi les chaises étaient si rares et si espacées. Les personnes qui débarquent dans la salle sont, pour la plupart, en fauteuil roulant, ou aidées d'un déambulateur. Les chaises sont réservées à celles, rares, qui se déplacent avec une canne. Tandis que le public prend place, assisté par des infirmières, des infirmiers, la bibliothécaire m'explique comment nous allons procéder.

– Dans la mesure où ces personnes sont aphasiques – ce sont de "grands vieillards", insiste-t-elle, de "très grands vieillards" (à tort ou à raison, je perçois une majesté dans cette appellation) –, elles ne sont pas en mesure de poser des questions. Mais ne vous inquiétez pas, la rencontre a été préparée. Nous avons recueilli, grâce aux soignants, leurs questions et leurs remarques et nous les avons écrites sur des bouts de papier que vous tirerez dans un chapeau au fur et à mesure de la séance. Pour que ce soit ludique.

Je n'ose pas lui demander comment on s'y prend pour recueillir des questions et des remarques auprès de lecteurs ayant perdu l'usage de la parole. Je me contente d'exprimer ma curiosité quant au livre choisi, *Je ne t'aime pas, Paulus*, un roman pour adolescents, alors que j'en ai écrit beaucoup d'autres, pour adultes, qui auraient peut-être été plus appropriés.

– C'est le seul que nous avons trouvé à la bibliothèque, me répond la bibliothécaire.

Comme elle achève son petit mot de présentation, je contemple l'auditoire. Buissons de cannes, forêt de potences, lianes de perfusions, floraison d'exosquelettes, pétales en bavoirs, ballet de couvertures, exposition de souliers orthopédiques, dents de travers, absences de dents, regards égarés, yeux humides, doigts boudinés, doigts maigres, mains tremblantes. Sur les paupières d'une femme au deuxième rang, le fard turquoise que j'aimais tant admirer, enfant, sur les paupières de madame Grobo. Un monsieur à droite, en retrait, est venu coiffé de sa casquette, pour pouvoir l'enlever, me dis-je, marques d'élégance et de courtoisie mêlées. Ils sont disparates, certains dévastés, l'air à moitié morts, d'autres semblent vifs, presque costauds, et je me dis : Tous aphasiques, vraiment ?

Je m'installe face à eux. Je les salue. Je tente d'accrocher autant de regards que possible. Le silence règne. Je plonge la main dans le chapeau. Je déplie le bout de papier et je lis tout haut :

– POURQUOI Y A-T-IL AUTANT DE GROS MOTS DANS VOTRE LIVRE ?

[signé :] Madame Baise.

Je ne tente pas de réprimer mon fou rire. Je sais que ce serait pire. Je m'étoufferais. Mieux vaut pour moi que je l'accueille. Alors je ris, je ris de cette coïncidence si belle entre le contenu de la question et le nom de la signataire : Madame Baise.

Je suis la seule à m'esclaffer. Les patients autant que le personnel gardent leur sérieux. Je sais que leur silence n'est pas hostile. Je crois sentir qu'il est respectueux, ou du moins, curieux. Un écrivain, c'est quoi ? C'est un drôle de métier tout de même. J'ai conscience que mon allure n'aide pas. Je n'ai pas l'air d'un écrivain. Je ris et je souris trop. Je n'ai pas le bon manteau, ni la bonne jupe, et surtout pas les bonnes chaussures. De quoi ai-je l'air ? Peut-être d'un garde champêtre.

L'hilarité passée, je réponds à l'excellente question de madame Baise en m'appuyant sur le rôle des niveaux de langue dans la narration. Je donne des exemples, je lis des passages, j'articule linguistique et sociologie, comme j'ai appris à le faire, il y a bien longtemps, en classe de khâgne. Certains visages commencent à s'animer. Mais c'est peut-être moi qui m'échauffe.

L'heure qui suit vole. Je prends goût au chapeau. Je frissonne dès que j'y plonge la main. Je songe à proposer cet accessoire dans toutes les rencontres d'auteur auxquelles je serai conviée à l'avenir. La surprise que la découverte de la question provoque chez moi est une incitation à la sincérité, à l'improvisation. La bibliothécaire avait raison. C'est ludique.

Le jour commence à baisser. Le chapeau est vide. C'est la fin. Je le dis. Je dis :

– C'est la fin.

Et c'est alors qu'une main se lève.

Un monsieur qui ne parvient pas à tourner la tête vers moi, et dont j'ai cru pendant toute la séance, qu'il dormait, dit :

– J'ai beaucoup aimé votre livre. Il m'a rappelé de bons souvenirs.

Je le remercie et je regarde les infirmiers et la bibliothécaire, machinalement. Je lis de l'étonnement sur leurs visages.

Une autre voix s'élève. Celle d'une femme.

– Moi, la première fois, j'avais 13 ans et je n'avais pas encore le droit d'aller au bal.

La dame aux paupières turquoise enchaîne.

L'un après l'autre, les aphasiques prennent la parole. Et chacun d'eux raconte sa première histoire d'amour.

Ensuite, c'est le chaos. Ils ne veulent plus retourner dans leur chambre. Ils protestent. Ils résistent.

Je suis émerveillée et désolée.

Je regrette aujourd'hui de n'avoir pas dit au revoir à la fiancée octogénaire.

Je songe que l'indigence d'un rayon de bibliothèque est capable d'accomplir des miracles.

Ce n'est pas le moment

Le visage de ma mère, filmé le 12 août 1996, je me le rappelle parfaitement. Sa voix, légèrement plus aiguë que d'habitude, m'est, elle aussi, familière – en découvrant l'entretien, j'avais aussitôt reconnu ce léger saut d'un ton et demi (je suis affectée du même symptôme : lorsque je suis émue, ou impressionnée, ma gorge se contracte – si c'est grave, plus de graves). J'ai gardé en mémoire son timbre trop enjoué, faussement enfantin. Mais les mots eux-mêmes, je ne les retrouve pas. Il me faut regarder de nouveau la cassette, transformée en clé USB, elle-même changée en lien Internet.

Malheureusement, le fichier a disparu de mon ordinateur. Je soumets donc une nouvelle requête technologique. Cette fois, la procédure ne rencontre aucun obstacle ; mon mot de passe a été enregistré, la réponse est immédiate. Je reçois par retour de mail une fenêtre dans lequel le visage de ma mère s'affiche, intact, semblable à celui que je ne vois plus qu'en rêve.

Lors de ce deuxième visionnage, je remarque qu'elle sourit beaucoup et cela me fait plaisir. Je prenais des notes, la fois dernière, c'est pourquoi certains détails m'avaient échappé. Je m'étais armée d'un stylo pour me défendre contre un assaut impromptu de chagrin. Ainsi n'avais-je pas vu sa jolie bouche découvrir ses dents ; ses dents qui étaient toutes petites parce qu'elle les faisait grincer en dormant et qu'elle avait, par ailleurs, une certaine tendance à serrer les mâchoires, habituée à endurer, détestant plus que tout se plaindre.

Sur le grand écran de mon ordinateur, je peux ouvrir à volonté, en parallèle du texte que je m'efforce d'écrire, la captation d'août 1996 et contempler ma mère que je n'ai plus vue vivante depuis le jeudi 19 juillet 2012. J'appuie sur une touche et la voilà qui apparaît et qui parle. Mais j'ai mal entendu, distraite que j'étais par la perfection du dispositif. Je remonte le curseur cinq secondes plus tôt sur la ligne qui indique le déroulement du temps d'enregistrement, et elle répète la phrase qui me manque. Je décide de verbatimer (néologisme récemment introduit en français par un de mes enfants). Si ce document a perdu son caractère tabou, il conserve néanmoins quelque chose de sacré, je n'ose pas paraphraser les propos de ma mère. C'est donc elle-même, à vingt-six ans de distance, qui me dicte ce que j'écris directement sur mon clavier – au fur et à mesure. Jamais elle n'aura été aussi disponible.

Quelques semaines après sa mort, j'avais été traversée par une envie soudaine de boire un café avec elle. Une voix en moi, cruelle et péremptoire, avait opposé : « Ce n'est pas possible, tu ne peux pas boire un café avec ta mère, parce que ta mère est morte. » Et une autre voix, désinvolte, provocatrice, avait rétorqué : « De toute façon, même si elle était encore en vie, cela n'aurait pas été possible, elle n'aurait pas eu le temps. »

Curieusement, je n'avais pas ressenti, à la suite de cet échange, la détresse que l'on pourrait imaginer, encore moins le ressentiment de l'enfant qui reproche à son parent de n'avoir pas été assez présent. Je m'étais, au contraire, sentie consolée, comme si sa main – elle avait toujours les mains sèches et douces, les ongles souvent brunis à cause de l'épluchage des légumes (on le voit sur la vidéo) – s'était posée sur mon front pour m'assurer qu'il n'y avait rien à regretter.

Je poursuis. Je clique sur la flèche, aussitôt remplacée par la double barre de pause, et je déplace le curseur pour entendre ma mère répondre à l'interviewer qui lui demande ce que ses parents faisaient comme métier.

La souris qui glisse sous ma main, parfaitement docile, me fait renouer avec un sentiment ancien. J'ai toujours pu compter sur ma mère. Car tout en étant indisponible, elle était infiniment fiable et serviable. Il m'arrivait de l'appeler un quart d'heure avant la sortie des classes pour lui demander d'aller chercher mes enfants à l'école. Elle sautait alors dans sa voiture, sans hâte anxieuse, plutôt comme le héros d'un film d'espionnage dont le calme est proportionnel aux dangers qu'il encourt. Elle n'arrivait jamais en retard. Elle était comme une extension de moi-même.

Ce qui ressemble à un paradoxe n'en est pas un : indisponible, elle l'était, pour boire un café, se promener, bavarder au téléphone. Mais fiable et présente, elle l'était aussi, pour s'occuper des enfants, me conduire en voiture, m'aider à préparer un repas. Autrement dit, si c'était pour le plaisir – le sien en particulier –, c'était souvent non. Si c'était pour se rendre utile, c'était toujours oui.

Je reconnais là une propension féminine liée à la culpabilité qu'engendre la maternité, le sentiment de clandestinité, d'illégitimité qui s'empare de certaines mères de famille dépourvues d'orgueil et d'estime de soi. Mon amie B. est ainsi, et je l'aime non seulement parce qu'elle est bonne, juste, perspicace et drôle, mais aussi parce que dans sa manière de perdre pied dès qu'elle ne se dévoue pas à ceux qui l'entourent, elle me rappelle ma mère.

Dès les premières phrases de l'entretien, Jeanne Sudac Naouri (ainsi s'est-elle présentée au début de l'entretien) répond à une des questions que je me posais sur les origines de ma famille. Parlant de son père, elle dit : « Il venait de Kichinev en Bessarabie. Il est arrivé en France en 1931, à Paris. »

Lorsque l'interviewer lui demande ce que faisaient ses parents, ma mère répond avec sa voix de petite fille : « Ma mère ne travaillait pas. Et mon père était ouvrier électricien. Je sais même exactement où. Rue Charles Fourier, dans le XIIIe, où j'habite actuellement. C'était l'association des ouvriers en instruments de précision – que j'ai dû fréquenter après la guerre pour retrouver des papiers. » Là, sa mâchoire se crispe. Un peu de poussière d'émail quitte ses dents déjà très usées.

J'interromps le défilement grâce à la double barre de pause. Trop d'informations me parviennent d'un coup. Les papiers à retrouver, j'y reviendrai.

Pour l'instant, c'est la rue Charles Fourier qui m'occupe. J'active le moteur de recherche et j'entre « électricité + rue Charles Fourier + Paris ». J'ignore ce que je vise car je ne compte pas me rendre sur les lieux du passé. Comme je l'ai déjà expliqué, cela ne correspond pas à ma méthode de travail – si toutefois on peut appeler « méthode » la manie de ne pas aller chercher les indices là où ils auraient le plus de chances de se trouver. Tandis que plusieurs lignes s'affichent en bleu sur mon écran, me signalant l'existence d'établissements correspondant à ma demande, je rêve à la coïncidence éveillée par le nom de cette rue.

Charles Fourier est l'inventeur du phalanstère. Phalanstère. C'est ainsi que j'ai qualifié, dans un chapitre précédent, l'immeuble de la rue du Château des Rentiers qu'avaient investi mes grands-parents et leurs amis. J'ignorais jusqu'à présent que le père de ma mère avait passé ses journées dans une rue qui portait le nom de l'illustre utopiste. J'y vois une radicelle, à l'endroit même où les racines furent sectionnées, car c'est en se rendant à son travail, rue Charles Fourier, que Haïm Sudac fut « ramassé dans une rafle ». Je n'en déduis rien. Cette coïncidence n'annule pas le caractère insensé de la déportation, pas plus qu'elle n'allège le chagrin et la colère générés par la disparition. Si cela n'explique ni ne console, pourquoi le noter ? Peut-être simplement parce que c'est drôle, parce qu'un nom venu d'un autre siècle crée une illusion de continuité, ne serait-ce qu'esthétique : une maille insiste pour se retricoter, alors qu'un démon a englouti la pelote de laine.

« Retrouver des papiers », dit de nouveau ma mère, dont je rembobine à loisir la présence, comme dans un jeu du *fort-da* 2.0. À la manière d'Ernst, le petit-fils de Sigmund Freud qui, sous le regard de son grand-père, s'amusait à tirer sur le fil dépassant d'une bobine pour l'éloigner de lui avant de l'enrouler pour la rapprocher, apprivoisant ainsi, selon son théoricien d'aïeul, la présence et l'absence de sa mère, je joue à la disparition et aux retrouvailles.

J'ai grandi en pensant que ma mère continuait d'attendre son père – « Je l'attendais alors que personne ne l'attendait plus », confie-t-elle dans l'entretien – et je me suis naturellement mise à l'attendre avec elle, sans qu'une parole fût prononcée à ce sujet. Je ne pensais pas vraiment qu'il allait ressurgir trente ou quarante ans après avoir été emmené. C'était une rêverie beaucoup plus vague que cela, une patience face au quotidien, un attrait pour l'irrésolu qui, aujourd'hui encore, me fait préférer les questions aux réponses.

Ma mère n'indique pas, au cours de l'entretien, de quels papiers il s'agissait, et l'homme qui l'interroge ne lui demande aucune précision. Le thème du recueil de témoignages – les enfants cachés pendant la guerre – impose un fil narratif dont il ne tient apparemment pas à s'écarter. Je lis dans les yeux de ma mère, ses beaux yeux verts au regard à la fois lointain et perçant, qu'elle aimerait en dire davantage. Peut-être voudrait-elle préciser qu'elle a dû accomplir des démarches auprès de l'employeur de son père, après que la mort de ce dernier avait été avérée, pour que Tsila puisse toucher une pension de réversion. Celle qui ne s'est jamais épanchée envisage – oui, je le distingue clairement sur ses traits que je connais si bien pour les avoir tant contemplés – de tout dire.

Mais ce n'est pas le moment. Ce ne sera jamais le moment. Il faut d'abord raconter les fausses cartes d'identité, la vie à la ferme avec sa mère et son petit frère, puis le retour à Paris, l'école communale, le lycée, les études supérieures, son père qui n'est toujours pas revenu. L'interviewer demande alors à Jeanne S. N. si elle a un message à transmettre à ses petits-enfants concernant cette période et la façon dont elle l'a vécue. Elle est déconcertée. C'est comme si, de la petite fille qu'elle avait été, elle devait franchir d'un coup les années qui avaient fait d'elle une mère, puis une grand-mère. Poliment, elle répond – sans grande conviction. Elle commence par dire : « Je me suis sentie très longtemps coupable… quand j'ai su. » Puis, changeant de visage, empruntant une voix différente, qu'elle veut mûre et assurée, elle déclare : « Je crois que j'ai transmis quelque chose à mes enfants, ne serait-ce que… la mémoire. » J'éprouve soudain la même impression que lorsque je la voyais vêtue d'un tailleur strict, ou d'un manteau de dame, alors que les amples robes à fleurs étaient ce qui lui allait le mieux. Sérieusement et avec une autorité qui me semble empruntée, elle poursuit : « Et aussi un certain sens des valeurs qu'il faut garder. » Un silence se fait alors. L'enquête va se terminer sans que Jeanne S. N. ait pu s'emparer de l'occasion unique qui se présentait. Mais voilà qu'elle prend les rênes. C'est très surprenant pour moi de la voir ainsi, imposant sa parole, ne respectant pas le protocole défini par la charte communiquée aux interviewers par la fondation Spielberg. Après une coupe qui indique qu'elle a demandé en aparté que l'on modifie le déroulement de l'entretien, elle déclare : « J'ai oublié une chose dans le retour à Paris. »

Elle raconte alors que, dans les mois qui ont suivi la fin de la guerre, des amis revenaient, assurant à sa mère que l'on pouvait toujours espérer, dans la mesure où l'on ne savait pas. Puis un ami de la famille était rentré lui aussi, mais sans être passé par les camps. Engagé volontaire au début de la guerre, il avait été fait prisonnier en tant que soldat, échappant ainsi à la déportation. Son épouse, en revanche, avait disparu. « Il a aidé ma mère, dit la mienne. Et puis finalement – c'était normal, précise-t-elle – ils ont fait leur vie ensemble. Je dois dire, ajoute-t-elle, que j'ai très mal supporté la chose, parce que, pour moi, mon père, il était toujours vivant, quelque part, et puis il allait surgir d'un coup et qu'est-ce qu'on allait faire, c'était pas possible. Et ça, ça a duré pendant plusieurs mois. »

Pour écrire ce qui précède, j'ai dû me repasser une nouvelle fois le témoignage et – chose étrange – lors de la deuxième écoute, cette terreur du vaudeville m'est apparue très familière, j'avais l'impression de l'avoir toujours connue. Je sais pourtant que c'est un aspect auquel je n'avais jamais songé auparavant et dont je ne pensais pas qu'il ait hanté l'esprit de ma mère adolescente.

Bien souvent, je m'étais figuré ma mère s'imaginant le retour de son père. Je plantais toujours le même décor : rues de Paris, immeubles noirs de suie pas encore ravalés, carreaux de faïence du métro, nombreuses rames de seconde classe (couleur verte), unique rame de première (couleur rouge). Je suivais, en pensée, le trajet parcouru par ma mère entre le lycée Jules Ferry et l'appartement qu'habitait la famille recomposée. Dans cette version de l'histoire, son père, sorti vivant d'Auschwitz, ayant peut-être erré en Pologne, amnésique, avait trouvé refuge auprès de… mettons la Croix-Rouge ; il avait d'abord été hospitalisé, soigné, puis remis sur le chemin de son foyer (je connais cette rêverie comme si c'était la mienne, je l'ai exercée sur mon propre trajet entre le collège et la maison. Je me l'étais appropriée bien après que ma mère l'avait abandonnée, j'avais, en quelque sorte, pris le relais, et, alors même que ma mère avait cessé d'espérer, je continuais de spéculer sur le retour du grand-père disparu, parvenant à inventer suffisamment de péripéties pour justifier qu'il ait mis trente-cinq ans à retrouver notre trace).

Ma mère, adolescente, faisait cheminer le beau jeune homme qu'elle aimait tant, à jamais trentenaire, d'une rue à l'autre. Après avoir emprunté le métro ou le bus, il relisait l'adresse sur un morceau de papier, contemplait l'immeuble – noir de suie, bien entendu –, avant d'y entrer et de grimper l'escalier. Il frappait à la porte derrière laquelle son épouse avait « refait sa vie » avec un de leurs meilleurs amis. L'hallucination s'interrompait-elle à cet instant-là ? Ou bien ma mère allait-elle jusqu'à pénétrer dans l'appartement à sa suite afin d'assister à la confrontation ?

En découvrant ce que l'on peut appeler le fantasme de ma mère, je souris à cause de ce mélange des genres si inattendu : tragédie et vaudeville. C'est comme si la légèreté et la caricature qui émaillent souvent le second (j'en connais un rayon : enfant, je ne passais pas un vendredi soir sans regarder *Au théâtre ce soir* où Jean Le Poulain surprenait chaque semaine Maria Pacôme dans les bras de Michel Roux – et je comprends mieux aujourd'hui ce qui me passionnait tant dans ces farces adultérines), comme si la légèreté et la caricature qui émaillent souvent le second, dis-je, émoussaient les pointes acérées de la première.

Et voilà que me vient une question : le physicien Erwin Schrödinger savait-il, en 1935, tandis qu'il enfermait mentalement un chat dans une boîte contenant une fiole de gaz mortel munie d'un dispositif permettant de déclencher le bris du flacon, qu'il n'aidait pas seulement les esprits à envisager la double nature de la lumière – à la fois ondulatoire et corpusculaire –, mais aussi le statut indéterminé de ceux qui ne reviendraient pas après la libération des camps ? Ainsi, avec dix ans d'avance, évoquant l'observateur placé face à la boîte qui, tant qu'elle demeure fermée, contient un chat à la fois mort et vivant, décrivait-il ma mère et plusieurs centaines, voire plusieurs milliers de personnes qui, comme elle, considérèrent, un temps, que leurs proches étaient à la fois vivants et morts.

Tant que l'on n'avait pas une liste, un nom sur un papier, une preuve, les deux états – vivant et mort – se superposaient.

Et c'est amusant car, là aussi, le vaudeville s'invite. Le concepteur de cette expérience extrêmement contre-intuitive a en effet – quel dévouement à la cohérence ! – mené une double vie amoureuse. Il y avait d'un côté son épouse, Annemarie, et de l'autre Hilde, la femme de son collègue Arthur March. De chacune il avait un enfant et sans doute était-il convaincu ne n'aimer qu'*elle#* quand il était avec l'une et de n'aimer qu'*elle** lorsqu'il était avec l'autre. Il avait, par conséquent, à la fois une femme et deux femmes.

J'ai aussi appris que pendant la guerre, Schrödinger avait exprimé son opposition au nazisme mais s'était rétracté quelque temps plus tard, pour ensuite regretter cette dernière prise de position. C'était un homme de paradoxes prompt à comprendre tout ce qui pour les autres était, et parfois demeure, incompréhensible.

Chœur

Harriet, 52 ans – Quand ma mère est morte, j'ai éprouvé une colère et un chagrin si forts que j'ai dit à mon mari : « Moi, je ne mourrai jamais. Hors de question que je fasse subir un truc pareil à nos enfants. » Et pour l'instant, ça va, je tiens. Ça fait dix ans et je ne suis toujours pas morte. Je fais régulièrement des contrôles. Je pratique tous les dépistages possibles et imaginables. Je tiens.

Paula, 64 ans – Mon mari ne supporte pas de voir les gens malades. Je veux dire, gravement malades. Les mourants. Il n'ira jamais rendre visite à quelqu'un en phase terminale. Il dit : « C'est trop affreux, je ne sais pas quoi leur dire. » Moi, ça ne me dérange pas. Enfin, ce n'est pas le bon mot. Sûrement que ça me perturbe quelque part, mais je suis partante. Ce n'est pas le bon mot non plus. Partante ? N'importe quoi. Disons que j'y vais. Et je ne me demande pas ce qu'il faut dire ou ce qu'il faut faire. Parfois je vais raconter une histoire, ou écouter le récit des douleurs, d'autres fois je m'occupe de la personne, je la lave, je l'aide à se retourner, à se lever pour aller aux toilettes. Ça ne me coûte pas. Pour moi, c'est une chose normale. Je ne réfléchis pas. Je ne juge pas les autres, ceux qui n'y arrivent pas, ou qui ne veulent pas. Je le fais sans me poser de questions.

Vincent, 48 ans – J'ai horreur des cimetières. C'est une phobie. Si je dois aller à un enterrement, je prends un Lexomil. Je déteste ça. Je ne comprends pas pourquoi on y va. C'est pour qui, en fait ? Pour le mort ? Pour la famille ? Pour la galerie ? Moi, il n'y aura personne à mon enterrement. Je ne suis pas encore passé chez le notaire. Il faut que j'y pense. Mes dernières volontés. Ni fleurs ni couronnes ni discours ni rien du tout. Direct chez le croque-mort. Direct chez les pros. La bande-son avec mes morceaux de musique préférés et tout le monde qui pleure… Ah, horrible ! Je voudrais qu'on me mette en terre comme on jette un truc à la poubelle.

Maya, 88 ans – Les messieurs qui portaient le cercueil étaient très jeunes et très bien habillés. Il y en a un qui m'a fait un clin d'œil.

Boris, 102 ans – J'ai déclaré une infection et je suis tombé dans le coma. À l'hôpital, ils m'ont gavé d'antibiotiques. J'aurais dû mourir. Pourquoi ils m'ont soigné ? Ce n'était pas la peine. À quoi je pouvais bien servir dans mon lit ? Combien d'argent j'ai coûté à la Sécu ? Le pire, c'est que je suis content d'être revenu à la vie. J'adore vivre. J'ai toujours aimé ça, même quand c'était pas terrible ; et vous imaginez bien qu'en plus de cent ans, il y en a eu pas mal des moments pas terribles.

Eliott, 53 ans – Je n'y pense jamais. Je ne veux pas y penser. C'est hors champ pour moi. Mourir, OK, d'accord, pourquoi pas. Ça peut arriver n'importe quand. Un accident, une catastrophe. Mais vieillir ? Je n'arrive même pas à prononcer le mot. Tu entends ? Je dis villir. Comme une vieille juive. Comme ma grand-mère, en fait. Les vieux, c'étaient eux, ma grand-mère, mon père quand il a été malade. Mais moi ? Ah, je n'aime pas y penser.

Carole, 76 ans – J'ai toujours eu une belle bouche. Je fais des injections. Et là, les paupières, vous voyez ? On ne voit rien ! Aucune cicatrice. C'est pris dans le pli. J'adore mon chirurgien. Il ne sourit jamais. Il est très sérieux. Ça inspire confiance. Mes enfants détestent. Ils disent : « Maman, qu'est-ce que tu as encore fait ? » Mais vous verriez mes filles et mes belles-filles, on dirait… je n'ai même pas de mots pour ça. Elles sont négligées. Les cheveux secs, en bataille, la peau toute fripée, des ridules autour des lèvres, des pattes d'oie, et des grosses fesses, des bras qui pendent. Je n'ai jamais été comme ça. Même quand j'étais jeune. Jamais négligée. Ma fille aînée me dit que je suis un monstre. On dirait *Brazil*. Qu'est-ce que c'est que ça, *Brazil* ?

José, 67 ans – Je suis sûr de revoir mon père. Quand je mourrai, je me retrouverai avec lui. Ma mère, je ne sais pas. Je ne crois pas qu'il y ait d'un côté l'enfer et de l'autre le paradis, et entre les deux, un endroit indéterminé. Je pense que c'est si grand que tout y est contenu. Alors oui, ma mère sera là, bien sûr, mais on ne se rencontrera pas forcément. Tandis que mon père, c'est comme s'il m'attendait de l'autre côté, juste derrière la porte. C'était lui qui venait me chercher à l'école quand j'étais petit. Mes copains, c'était soit leur mère, soit leur grande sœur ou la gardienne de l'immeuble. Mon père était le seul homme. Peut-être que de l'autre côté, c'est pareil, depuis qu'il est mort. Le seul homme avec plein de femmes autour. Mais pas ma mère.

Z.

En 1995, quand je commence à prendre des cours de danse orientale, Z. fait déjà partie des habituées. J'ai 29 ans. Z. est plus âgée. Elle a quelques rides. Sa voix tremble légèrement. Mais ce n'est pas une vieille dame. Elle est souple et légère. Elle a quelque chose d'enfantin. Les cheveux teints en blond, coiffés à la Louise Brooks, elle est petite, menue, quoique pourvue d'une jolie poitrine et de hanches rondes. Les pommettes hautes, les yeux rieurs, elle me fait penser à Anna Karina.

Z. est peintre. Parfois, dans le vestiaire, elle distribue aux filles des cartons d'invitation pour ses vernissages. Elle vient au cours deux à trois fois par semaine, comme moi, et le mardi, jour de l'atelier chorégraphie, il lui arrive de présenter une danse. Ses gestes manquent parfois de précision, elle est plus souvent sur la pointe des pieds qu'à plat, elle effectue de drôles de moulinets avec les poignets quand elle accompagne ses pas d'un mouvement de bras ou qu'elle utilise les mini-cymbales à doigts, qu'on appelle des sagattes. Elle soigne son costume, fait d'une jupe et de plusieurs voiles superposés, qu'elle porte non le ventre nu comme la plupart d'entre nous, mais par-dessus un justaucorps blanc.

Des années plus tard, alors que j'ai arrêté la danse parce qu'une de mes hanches ne fonctionne plus, Z. revient dans ma vie. C'est mon amie L. qui m'en parle.

C'est l'été 2019. Nous déjeunons à Yport où L. nous a invités. Dans le jardin qui surplombe la mer, les parents s'affairent autour de la table pendant que les enfants jouent au foot en contrebas. Je prends des nouvelles de Paris que j'ai quitté deux ans plus tôt et, en particulier, des camarades du cours de danse orientale que nous avons fréquenté L. et moi pendant plus de vingt ans et dont elle est à présent une des professeures adjointes. Nous passons en revue les figures dont certaines sont hautes en couleur et soudain, L. s'interrompt et me demande si je sais ce qui est arrivé à Z.

Je l'ignore, et comme je distingue un éclat particulier dans les yeux de mon amie, je m'inquiète.

– Elle est morte ? dis-je, d'une part parce que je crains toujours que les personnes que j'aime disparaissent, et d'autre part parce que, les décennies s'accumulant sans que j'y prenne garde, il se peut que Z. ait fini par devenir une vieille dame.

L. éclate de rire.

– Non. Pas du tout. C'est beaucoup plus intéressant que ça.

– Elle vient toujours à la danse ?

– Oui, bien sûr. Mais elle a été malade.

Et elle me raconte.

Quelques mois plus tôt. Z. rate un cours, puis deux. Leïla, la professeure, s'inquiète. Z. est une fidèle parmi les fidèles. Son téléphone est sur répondeur. Un texto arrive : « Je suis en train de mourir. » Leïla décide de passer chez Z. La petite communauté du cours de danse orientale, aussitôt alertée, est en émoi. Il y a de quoi. En arrivant chez Z., Leïla découvre J., son mari, effondré, épuisé, fou d'angoisse ; le frigo est vide, ni l'un ni l'autre ne semble avoir mangé depuis plusieurs jours. Z. est dans son lit, ni coiffée ni habillée, ce qui ne lui ressemble pas car elle est très coquette. Alertée par ce récit, L., proche voisine, décide d'aller lui rendre visite aussi. Quand elle entre dans la chambre à coucher, elle découvre Z. amaigrie… mais pas mourante.

Sur la table de nuit, des résultats d'analyse. Ils sont très mauvais.

Un médecin est passé, il a prescrit un traitement. Joint par téléphone, il explique qu'il s'agit d'une pneumonie et que Z. devrait se remettre bientôt. Mais elle ne veut plus se lever, se laver. Elle est découragée. Elle dit qu'elle n'a plus le moral. Elle veut mourir.

L. prend les choses en main. Elle organise, avec d'autres amies du cours, un groupe solidaire afin de veiller sur Z. Elle appelle la mairie pour effectuer une demande d'aide à domicile.

J. (le mari) lui dit que cela devrait être facilité par la carte d'invalidité de Z.

L. ne comprend pas comment Z. qui suit deux à trois cours de danse par semaine peut être en possession d'une telle carte. J. la lui montre, L. la regarde distraitement, sans s'attarder sur les détails et appelle le service d'aide sociale.

Une responsable lui répond qu'elle connaît le dossier, bien sûr, 1925, oui, il est grand temps d'intervenir, nous allons faire le nécessaire.

– Tu ne devineras jamais quel âge elle a, me dit L. dans le soleil d'août qui baigne Yport d'une lumière presque trop crue. Jamais ! insiste-t-elle.

– 70 ? (J'ai ajouté une dizaine d'années à ce que je pense être le bon nombre évalué à partir du souvenir que j'ai gardé de Z. quand elle présentait ses chorégraphies, ou au moment de l'échauffement lorsqu'elle descendait en flexion progressive tout en faisant onduler son bassin, puis s'asseyait sur le sol, jambes tendues et écartées pour étirer son buste vers l'avant.)

D'un signe de la main, les yeux au ciel, L. me signale que je suis loin du compte.

Elle poursuit son récit.

Les aides à domicile et les plateaux-repas sont mis en place au bout d'une dizaine de jours. Z. est encore plus déprimée. Elle déteste cette atmosphère d'hospice. Elle ne veut plus faire de prises de sang, ni prendre de médicaments. « J'étais plus heureuse à Ravensbrück ! » soupire-t-elle.

– Z. a été en camp de concentration ? dis-je. Elle est juive, Z. ?

– Attends. Ce n'est que le début. Elle n'en avait jamais parlé à personne.

Je me livre à un nouveau calcul de l'âge de Z. J'opère une soustraction. En supposant qu'elle ait été raflée, bébé, à la fin de la guerre, je propose 75 (me fiant toujours à sa prestance physique).

– Je t'avais dit que tu ne trouverais jamais, s'enthousiasme L. Elle avait 17 ans quand elle a été déportée en 1943.

Je ne comprends pas. J'ai toujours eu du mal à calculer. Je dois sûrement me tromper. C'est impossible. Z. ne peut pas avoir…

– Elle a 95 ans ! s'exclame L.

Z. est née en 1925. Fille d'émigrés turcs, elle grandit à Dunkerque. Dès l'armistice en 1940, la ville, ainsi que l'ensemble de la région Nord-Pas-de-Calais sont placés sous le contrôle du commandement militaire allemand de Bruxelles. C'est pour cette raison que les juifs du Nord, déportés lors de la rafle du 11 septembre 1942, ne transitent pas – comme ce fut le cas de leurs compatriotes domiciliés dans le reste de la France – par Drancy, mais par Malines, le « Drancy belge ».

En 1941, Z., alors âgée de 16 ans, fuit Dunkerque bombardée pour se rendre à Lille avec ses parents. Mais durant le voyage la voiture est touchée par un obus. La mère de Z. meurt sur le coup et Z., blessée au genou, tente de s'enfuir. Elle est finalement recueillie par des paysans qui la soignent et elle ne retrouve son père que quinze jours plus tard. Ensemble, ils s'installent à Lille où Z. va au lycée pour préparer son bac.

C'est en 1943 qu'ils sont arrêtés, après que le père, confiant dans l'administration française, est allé se déclarer à la mairie. Dans les derniers temps, cédant à sa passion pour le billard, il avait passé des heures à jouer avec un homme dont il ne soupçonnait pas qu'il était un SS. C'est ce partenaire de jeu qui l'a arrêté.

À la caserne Dossin de Malines, père et fille sont séparés. Il est envoyé à Dachau et elle à Ravensbrück. « C'est tout de même une grande chance », dit Z. dans le témoignage qu'elle a confié en 2020 à la revue Tsafon *(n° 79) dirigée par l'historienne Danielle Delmaire. « Et ce qui me révolte, c'est que si j'avais été arrêtée en tant que Française, je ne serais pas en train de parler en ce moment, je serais morte à Auschwitz. Ma chance a été que les Allemands ont cru que j'étais turque, donc je me suis retrouvée dans un camp qui était un peu moins dur que celui d'Auschwitz, à Ravensbrück, car ce n'était pas un camp d'extermination. C'était un camp où l'on mourait de sa belle mort. »*

Au camp, elle casse des cailloux dans le froid. Elle raconte (toujours dans la revue Tsafon*) : « Comment vous dire ? On était habillées avec une robe rayée en coton bleu et blanc, des tongs et pieds* *nus, un foulard sur la tête. C'est tout. Et encore à Ravensbrück, on a eu la chance de ne pas être rasées et de ne pas être tatouées comme à Auschwitz. »*

La chance, toujours elle !

Les femmes SS qui les surveillent sont accompagnées de chiens qui ne cessent de lui mordre les mollets. Z. soigne ses blessures en les enduisant de salive. Elle sait qu'il faut éviter à tout prix de se retrouver au Revier *(l'infirmerie, qui était en réalité un centre d'expérimentation où les prisonniers – principalement des femmes et des enfants – étaient utilisés comme cobayes pour des « recherches » concernant la stérilisation et les greffes osseuses).*

À L. à qui elle se livre après des années de silence – comme si la phrase « J'étais plus heureuse à Ravensbrück ! », éjectée tel un crachat, avait ouvert la vanne aux souvenirs –, elle raconte qu'elle a vu des femmes et des enfants être tués sous ses yeux, des fœtus être arrachés du ventre de leurs mères encore vivantes. Elle sait qu'il ne faut montrer aucun signe de faiblesse.

Malgré cela, à cause des conditions de travail en extérieur, elle développe une maladie pulmonaire qui lui vaudra plus tard d'obtenir une carte d'invalidité. Mais elle est repérée par une gardienne qui la prend en pitié et lui permet de rejoindre l'usine Siemens où elle travaillera à l'abri et bénéficiera d'une soupe un peu plus épaisse que celle réservée aux autres déportés. C'est ainsi qu'elle se remet complètement de ses blessures et parvient à survivre à l'appel quotidien (cette épreuve consistait à réveiller les prisonniers chaque nuit à quatre heures pour les rassembler dans le froid et les faire répondre à leur nom). « C'est là, explique-t-elle à L., que la plupart d'entre nous mouraient. De froid, d'épuisement. »

Au bout de quelques mois, on la convoque. Elle est certaine qu'elle va être mise à mort. Mais non. On lui donne des vêtements et, avec quelques autres, on la met dans un train qui la conduit jusqu'à un bateau à destination de la Turquie. Sans le savoir, elle participe à un échange de prisonniers entre les Turcs et les Allemands.

Z. se retrouve en prison à Istanbul. « Le rêve ! » dit-elle. Lorsque L. me raconte cet épisode, nous rions nerveusement en pensant à Midnight Express. *Mais Z. considère que c'est le grand luxe par rapport à Ravensbrück. Elle est ensuite logée à l'hôtel.*

En prison, à l'hôtel, en Turquie, seule, à 19 ans. Z. l'ignore mais (presque) toute sa famille a disparu. Il ne lui reste qu'une cousine à Istanbul et un cousin éloigné à Paris. Ce sont eux qui, en vendant des bijoux, lui paient son billet de retour en France.

La guerre est finie. La Croix-Rouge accueille la jeune fille et lui propose de l'aider à partir aux États-Unis ou en Israël. Elle refuse. « Je veux aller à Paris, dit-elle, pour retrouver mon père. » Elle ignore qu'il a péri au cours d'une marche de la mort après l'évacuation des camps. Quand elle comprend qu'il ne reviendra plus, elle s'inscrit à la Sorbonne en littérature française (elle étudie aussi le russe) pour devenir professeur de lettres.

Lors de vacances organisées par la Croix-Rouge dans le Sud, elle rencontre un jeune homme, un certain J., qui lui propose de la ramener à Paris à moto. « Cela a pris du temps, raconte-t-elle à L., parce que je n'avais qu'une robe. Chaque soir, à l'hôtel, je lavais mes dessous et ma robe. Il fallait attendre que la robe sèche avant de repartir. »

– Et ensuite ? je demande.

– Ensuite, ils ont vécu en amis, puis en couple, et quand J. a terminé ses études à HEC et fondé une entreprise de travaux, il s'est entièrement dévoué à elle. Z. n'a jamais préparé un repas, fait les courses ou descendu la poubelle. Dès qu'elle a arrêté de survivre, elle a vécu uniquement selon sa fantaisie. Sans la moindre contrainte. Elle a cessé d'enseigner le français, elle s'est mise à danser, à poser pour des photographes, à peindre. Z. ne fait que ce qui lui plaît.

Après avoir recueilli ce récit, L. a du mal à dormir. Elle n'arrive pas à croire tout ce qu'elle vient d'entendre. Elle se met à glaner sur le Net des traces de cette amie qu'elle croyait connaître. Après plusieurs heures de recherches, elle finit par tomber sur le nom de Danielle Delmaire, une historienne qui a travaillé toute sa vie sur les juifs du Nord de la France pendant la Seconde Guerre mondiale. À minuit, elle lui envoie un mail pour lui parler de Z. À 8 heures, elle reçoit une réponse : « Comment puis-je vous aider ? Z. est morte en déportation comme le reste de sa famille. Quel genre de renseignement recherchez-vous ? »

L. apprend à Danielle Delmaire que Z. n'est pas morte. Elle a 95 ans et toute sa tête. L'historienne, bouleversée de découvrir un nouvel élément du puzzle qu'elle s'efforce de reconstituer depuis des dizaines d'années, va à la rencontre de son dernier témoin. Les deux femmes se parlent des heures durant. La mémoire de Z. est infaillible, et la connaissance minutieuse du moindre coin de rue dunkerquois ou lillois que possède Danielle Delmaire y répond comme en miroir.

Dans l'année qui suit, L. contacte le Mémorial de la Shoah pour demander que les noms de Z. et de son père soient inscrits sur le Mur des Noms. On lui répond que la liste est en train d'être recomposée et qu'elle est déjà maquettée. Ce sera pour dans cinq ans. « La personne dont je vous parle a 95 ans, explique L. Je ne suis pas certaine qu'elle sera encore là pour lire son nom et celui de son père si on doit attendre la prochaine refonte. » Vingt-quatre heures plus tard, L. reçoit un coup de téléphone : les deux noms seront bientôt inscrits.

Un matin de janvier, L. appelle Z.

– Veux-tu que je vienne te chercher pour aller au Mémorial ? Le nouveau Mur va être inauguré.

Z. trouve qu'il fait trop froid pour sortir.

– Je n'ai pas très envie d'y aller, dit-elle.

L. insiste, lui propose de lui envoyer un taxi qui la déposera là-bas et d'en réserver un autre pour le retour.

– Non, vraiment, répond Z. Je n'ai pas envie de sortir. Il faudrait que je mette un manteau et tu sais bien que je n'ai jamais aimé les manteaux.

Juillet 2021. Z. veut s'acheter un nouveau maillot de bain pour ses vacances en Bretagne. L. l'accompagne.

– On va aller chez ***, propose Z. Je suis cliente depuis des années.

En ressortant toute joyeuse de la boutique avec, dans son sac, une parure de lingerie et un maillot tout neuf, Z. glisse à l'oreille de L. :

– Tu sais ce qui est bien chez *** ? C'est qu'avec leurs maillots, tu en as pour vingt ans.

Deux amies

Je roule, avec mes enfants assis à l'arrière de la voiture, quand j'entends les deux femmes en conversation. Nous venons de passer devant l'église du village, en route pour Fécamp, et j'ai allumé la radio. Une première voix s'élève, que je ne reconnais pas tout de suite, mais qui me séduit aussitôt, râpeuse, teintée d'un accent titi parisien, d'une pointe d'arrogance et d'un voile de cigarette. J'ai envie de continuer à écouter pour découvrir qui parle. Une autre voix se joint à la première, plus posée, caractérisée par une diction un rien académique (sauf pour le mot « maman », qui est prononcé « monmon »). Deux voix de femmes dont on distingue immédiatement qu'elles sont amies. Amies et très différentes. Je perçois aussi qu'elles sont plus âgées que moi.

Un des enfants à l'arrière de la voiture pose une question. Je dis : « Chut ! J'écoute ! » Mes enfants ont l'habitude que je ne leur réponde pas immédiatement ; j'ai, comme ma mère avant moi, développé un art de l'indisponibilité fiable, ou de la servia-bilité distraite. Je travaille. Je suis concentrée. Je pense à quelque chose. Et pendant ce temps, les questions s'accumulent. Je finis par répondre et, certains jours – miracle –, je suis complètement présente.

Tout en me sentant vaguement coupable d'avoir éludé une question, je suis tracassée à l'idée d'avoir manqué une des répliques échangées par les femmes dont seules les voix me parviennent. Je tends l'oreille en contournant la place du marché et je crains de ne pas en apprendre davantage, car une troisième voix déclare, interrompant les deux camarades : « Elles sont là, assises sur un lit, comme des ados, à bavarder », commentaire attestant qu'il s'agit d'une archive. Peut-être ne connaîtrai-je jamais l'identité des amies papotantes. Heureusement l'extrait reprend et j'entends la voix posée aux accents académiques demander d'un ton badin : « Est-ce qu'on s'est croisées à Bergen-Belsen ? » Je souris alors qu'il n'y a rien de drôle ni de plaisant dans cette réplique. Je souris parce que je viens de trouver, grâce à cet indice, la solution de l'énigme radiophonique : c'est la rebelle et la digne, la rockeuse et le roc, Marceline Loridan-Ivens née Rozenberg et Simone Veil née Jacob.

Allongées sur un lit, elles ont été filmées par David Teboul, et c'est la bande-son de ce documentaire que l'émission de radio diffuse. Copines de camp comme d'autres avaient été copines d'école, elles ont parlé, face à la caméra, de leur passé commun avec la familiarité que créent les longues amitiés. Je connais ce film et j'en reconstitue mentalement les images.

Pour mes enfants, alors âgés de 13 et 9 ans, le nom Bergen-Belsen, je le sais, n'évoque rien. Et je me dis aujourd'hui, tout en relatant cet épisode, qu'il me faut préciser – car plus le temps passe, plus l'Histoire se noie dans le flou – que Bergen-Belsen était un camp de concentration nazi situé en Basse-Saxe, où périrent 50 000 personnes en quelques mois, affamées et emportées pour beaucoup par le typhus.

Je revois le merveilleux visage de Simone Veil – qui m'est peut-être si cher car j'ai toujours trouvé qu'il ressemblait à celui de ma mère –, dans le portrait que lui consacre le réalisateur, au moment où elle explique que ce qu'ils ont vécu était à ce point sans commune mesure avec quoi que ce soit d'autre, « tellement coupé de toute existence normale », précise-t-elle, que cela avait constitué une parenthèse. Plus tard dans le film, on la voit arpenter les allées de Birkenau. Elle commente la présence des barbelés, la disposition des bâtiments. Elle explique avec beaucoup de calme que les gens qui viennent ici maintenant et voient tout cela ne peuvent pas imaginer ce qui s'y est passé réellement. Personne ne peut imaginer, dit-elle, dans un mélange parfaitement équilibré de dureté et de douceur.

Mon cœur s'emplit de gratitude en l'écoutant parler. C'est comme si chaque phrase qu'elle prononçait venait étancher une soif. La brutalité du constat – « Non, il n'y a pas de réparation. Non, il n'y a pas de compréhension » – m'apaise. Elle me console.

Un mur se dresse dans l'esprit des pèlerins qui visitent aujourd'hui les vestiges des camps. Ce n'est pas un mur de briques semblable à ceux qu'ils contemplent. C'est un mur intérieur. On croit que l'on regarde, on croit que l'on écoute, on croit que l'on comprend et que l'on imagine, et tout cela est très sincère. Mais le message échoue à atteindre son destinataire. Il manque toujours un morceau car il y a trop de données à prendre en compte, la faim, le froid, la douleur, l'humiliation, la peur, l'abjection, l'angoisse, la soumission, la cruauté, l'arbitraire, la maladie, la convoitise, le face-à-face avec le néant, tout cela en même temps… Il est bon que l'on ne puisse pas se le représenter. C'est cette résistance qui nous a permis et nous permet encore de survivre, mais il est crucial de savoir ce que l'on rate, tout ce qui fait défaut.

Ainsi la seule représentation juste serait celle qui se saurait et se dirait lacunaire. Primo Levi lui-même n'avouait-il pas – avec l'ironie coupante qui fait vibrer tous ses récits – qu'il n'était pas crédible en tant que témoin, dans la mesure où il avait survécu ?

Comment faire l'histoire d'un événement dont seuls les morts devraient pouvoir parler ?

Les vieux qui s'adressent aux jeunes sont trop rarement écoutés, me dit-on. C'est peut-être vrai, mais ce n'est pas seulement parce que le respect que l'on devait aux anciens s'est perdu. C'est aussi parce que si l'on n'a pas vécu un événement, sa matérialité nous échappe. On reconstitue bravement, grâce à un mélange d'empathie et de spéculations, l'expérience que l'on tente de nous transmettre, mais on finit par s'ennuyer à force de buter sur l'absence d'éprouvé. On tire un savoir théorique – et ce n'est déjà pas si mal – des récits et des témoignages. Mais qu'est-ce qu'un savoir théorique du grand amour, du deuil, de la douleur physique, du fou rire, de la maternité ?

L'expérience concentrationnaire est incommunicable.

C'est une histoire racontée à des sourds par des muets.

Sourde, je ne le suis pas, ce jour de printemps où j'entends deux femmes, mortes quelques années plus tôt, évoquer leur vie passée dans un mélange déroutant d'ordinaire et d'indicible. Que me racontent-elles, à moi, petite-fille d'un déporté assassiné par les nazis, roulant au volant de ma voiture sous le soleil normand, accompagnée de deux enfants nés soixante-trois ans et soixante-sept ans après la libération des camps ? Les deux amies, allongées pour l'éternité numérique sur un lit, viennent me glisser à l'oreille que le fait d'avoir survécu crée un sentiment de force et de faiblesse. La force de qui n'a plus peur de rien et la faiblesse de qui, pour toujours, se sent coupable et s'excuse d'être là, d'être encore là.

Plus loin dans le film, Simone Veil apparaît seule, dans une demi-pénombre bleutée. Elle répond à la question : « Avez-vous été traversée par un sentiment de culpabilité ? » Sa phrase est hachée de silences : « Oh, oui, bien sûr... *(un temps)*... Bien sûr... *(un temps plus long)*... Bien sûr... que j'ai toujours. »

Sa voix est relâchée, sa diction juvénile, on est au bord du « ouais ». C'est comme un afflux incontrôlé et inattendu de jeunesse qui rend ses paroles encore plus douloureuses, car cela donne l'impression que sa vie s'est figée à ce moment de l'adolescence, la dernière fois qu'elle a vu son frère vivant. Elle a continué à vivre, à accomplir, à penser, à protéger, à combattre, mais une parcelle de son être est demeurée accrochée à cet instant de la perte. Une perte dont elle se sent responsable à jamais. La sagesse de l'âge, la longueur des années n'ont rien érodé. À ce moment du film, Simone est exactement aussi sauvage que Marceline.

Peut-être était-ce à cette double source – force-faiblesse – que je venais m'abreuver lorsque je passais des après-midi entiers dans la cuisine de ma grand-mère maternelle. Dans ce microcosme créé par de vieux Béssarabiens au cœur du XIIIe arrondissement de Paris, la mort était présente, c'était le limon. Mais elle n'était pas, comme elle l'est pour tout individu, l'issue inéluctable. La mort était ce à quoi ils avaient échappé. Elle était reléguée dans le passé. Quand j'allais manger du gâteau aux noix au Château des Rentiers, je croquais la génoise de l'immortalité.

L'expérience concentrationnaire, bien qu'incommunicable, est donc infiniment transmissible et même contagieuse ; on l'attrape en mangeant un gâteau, en écoutant les silences qui ourlent les récits, en contemplant les regards qui paraissent vides avant de se révéler absents.

Je le reconnais à tous les coups cet œil qui vous voit et continue de contempler quelque chose au loin. La voix s'en mêle, change de registre, comme si la personne devait ajuster un élément, passer d'un univers mental à un autre. Et s'excuser aussi, s'excuser d'y avoir participé, en tant que victime certes, mais d'y avoir participé quand même.

En écrivant ces mots, me revient en mémoire le coup de téléphone que je reçus de ma mère, le 11 septembre 2001 à 16 heures. Les avions détournés par des terroristes venaient de percuter les tours jumelles du World Trade Center et tandis qu'une grande partie de la population terrestre regardait des personnes se défenestrer en direct, ma mère me disait : « Je suis désolée. Je ne voulais pas que le monde dans lequel vous êtes nés soit capable de ça. J'étais sûre qu'on avait vu le pire. Qu'est-ce qu'on a fait pour en arriver là ? Qu'est-ce qu'on n'a pas fait pour en arriver là ? Je te demande pardon. Excusez-moi pour ce monde. » Elle n'avait pas la folie des grandeurs, elle ne s'imaginait pas qu'elle aurait pu maîtriser, contrôler ni améliorer les choses ; c'était plutôt comme si elle venait de perdre un pari avec elle-même, comme si, ayant effectué une transaction, elle s'apercevait que celle-ci n'avait pas été enregistrée. Ce dont j'ai souffert, mes enfants n'auront pas à en souffrir, tel avait été son pari. J'ai payé un tribut dont mes enfants n'auront pas à s'acquitter, telle était la transaction. C'était cela qui la bouleversait et, d'une certaine manière, remettait en cause une vision qui lui avait permis de continuer à vivre, dans la culpabilité certes, mais à vivre : ma mère avait pensé, jusqu'au 11 septembre 2001, qu'une porte s'était refermée après 1945. La barbarie avait surgi, elle avait tout ravagé, puis la porte s'était refermée. Elle et d'autres en étaient les gardiens, s'arc-boutant contre elle afin de s'assurer qu'elle demeurerait bien close. Se rendre compte que c'était exactement le contraire qui s'était produit – la porte avait été enfoncée et à présent la voie était libre, autrement dit, on n'était pas à la fin d'une barbarie ancienne, mais au commencement d'une barbarie nouvelle – a contribué à affaiblir une des personnes les plus endurantes et les plus courageuses que j'aie connues.

Rituels

Un matin d'été, L. me raconte qu'elle est devenue proche de la responsable d'une entreprise de pompes funèbres. Tout ce que fait et tout ce que dit mon amie L. me surprend car c'est la personne la plus originale que je connaisse, mais rien de ce qu'elle fait ou dit ne m'étonne, exactement pour la même raison. Récemment, elle a dû prendre en charge l'enterrement du mari de Z., notre amie du cours de danse orientale. À cette occasion, elle a longuement côtoyé le personnel des pompes funèbres. Les croque-morts, qui n'ont pas l'habitude d'être interrogés sur leurs conditions de travail, se sont confiés à elle. Elle a découvert qu'ils étaient, pour la plupart, d'anciens ouvriers du bâtiment.

Il faut être costaud, lui ont-ils expliqué. C'est un métier physique. Quand on a travaillé sur les chantiers, on a l'habitude d'être dehors par tous les temps, mais là, c'est plus facile. Ils apprécient les améliorations : on est en costume. On a les mains douces. Mais il faut être patient, précisent-ils. Attendre que les gens aient fini de pleurer. Ce n'est pas trop fatigant. Sauf quand c'est un enfant. Quand c'est pour la mort d'un enfant, on est tous rétamés, le soir. Rien à voir avec la fatigue physique. C'est pire. Des soirs comme ça, on n'est bon à rien. Sinon, c'est quand même plus agréable que d'être sur les chantiers. Quand on commence à avoir des gosses, on préfère. Il y a beaucoup d'embauche mais, attention, tout le monde ne peut pas faire ce métier. On fonctionne par le bouche-à-oreille et on explique aux nouveaux que s'ils font des cauchemars la nuit, ce n'est pas la peine d'insister. Ils n'y arriveront pas. Les Africains, par exemple. Mentalement, c'est trop dur pour eux. Mais si on est costaud, alors c'est un bon métier. Et on peut être promu. Certains deviennent maîtres de cérémonie. Il faut d'autres qualités pour ça. Savoir lire un texte, des poèmes, mettre le ton. Il faut tout prévoir, des parapluies quand il pleut, des chaises s'il y a des vieux. Mais ce qui est bien, c'est qu'on n'est pas enfermé dans un bureau. On est tout le temps dehors.

Enfant, quand j'habitais le XIIIe arrondissement, j'ai vu tous les immeubles qui entouraient le nôtre être détruits au moyen d'une boule de démolition. Balancée tel un pendule au bout d'une chaîne, elle-même fixée au bras d'une grue, l'énorme sphère d'acier, animée d'un mouvement lent et chargée d'une énergie cinétique proportionnelle à sa masse, transformait la pierre en meringue. Dès qu'elle les touchait, avec une sorte de douceur qui ne cessait de me fasciner, les murs que j'avais cru solides s'émiettaient dans une langueur de blanc d'œuf battu. D'anciens papiers peints se révélaient sous mes yeux, des cuvettes de toilettes demeuraient suspendues un instant dans le vide, avant d'aller rejoindre les gravats. Dans les engins et plus bas, au sol, dans les tranchées, j'observais les ouvriers en tenue orange, tête casquée. J'avais envie d'être l'un d'eux. Ce n'était pas le fait de détruire qui m'inspirait, mais la possibilité de passer mes journées à l'extérieur. N'ayant aucune idée de la pénibilité du travail qu'exécutaient ces hommes, à quelques mètres de la chambre de mon frère – ma fenêtre, malheureusement pour moi, donnait sur le métro aérien –, je pensais qu'ils étaient libres, et cela me faisait envie. Ce fut ma première vocation.

Il m'arrive, lorsque j'assiste à un enterrement, de renouer avec cette aspiration enfantine. Dès que je hume l'odeur de la terre, des feuilles, et que, sous mes semelles, les gravillons remplacent le bitume, je me sens mieux. J'aime aussi les cafés qui entourent les cimetières. En particulier à Aubervilliers, dans l'allée qui mène à l'entrée principale du cimetière de Pantin où sont enterrés plusieurs membres de ma famille. Les patrons et les serveurs y sont d'une gentillesse peu commune (et les pommes de terre sautées, parmi les meilleures que j'aie jamais mangées). Chaque fois que je vais dans l'un d'eux, car la coutume veut, chez les juifs, que l'on passe au café en sortant du cimetière pour ne pas « ramener la mort chez soi » (peut-être est-ce pour cette raison qu'il y a tant de bistrots dans cette allée), je me dis que le personnel de ces établissements est sans doute quotidiennement témoin de scènes inouïes qui échappent à la plupart d'entre nous. Moi qui me méfie des résidences d'écriture, j'en accepterais volontiers une si elle avait lieu Chez Ribeiro ou au Tibériade.

Lorsque je retourne à Pantin, je suis toujours traversée par l'idée que je pourrais, que je devrais, me rendre sur la tombe de ma mère. Cela se fait, je crois. Je n'y suis allée qu'une fois après ses funérailles. C'était pour l'Azguir (ainsi désigne-t-on dans ma famille paternelle arabophone la date anniversaire de la mort). Je conserve peu de souvenirs de cette visite. Il me semble qu'il y avait du soleil et que je n'avais pas particulièrement envie d'être là. Chacun de nous a déposé un caillou sur la pierre tombale, mon père nous a rappelé le sens de ce geste, et nous sommes restés silencieux quelques minutes, durant lesquelles j'ai tenté de me concentrer sur le souvenir de ma mère, cherchant à atteindre une émotion, à amorcer une cicatrisation. Je ne pense pas y être parvenue. La plaie laissée par sa disparition était si fraîchement ouverte que souvent, y compris au cimetière, je me disais : « Tiens, il manque quelqu'un, je crois. Ah oui, c'est maman, elle va arriver » avant de me rendre compte que c'était impossible. Je m'étonne toujours que les morts n'assistent pas à leur propre enterrement. Ainsi, pour moi, comme pour de nombreuses personnes, j'imagine, le décès n'est pas vraiment définitif. Longtemps, dans mon esprit, j'ai conservé ma mère à la fois morte et vivante. J'ignore si aujourd'hui, dix ans plus tard, son statut s'est totalement fixé.

Je ne pose pas de cailloux sur les tombes de mes grands-mères, de mes oncles, de mes tantes, alors que j'ai fleuri des tombes de gens que je ne connaissais pas, que je n'avais jamais vus.

C'était une activité que nous pratiquions, il y a une vingtaine d'années, avec mon amie I. lors des vacances scolaires de la Toussaint. Nous avions pris l'habitude de passer ensemble cette trêve automnale, avec nos jeunes enfants, dans la maison de sa famille près de Fontainebleau. Le cimetière du village n'était pas loin. Nous nous y rendions, armées de plantoirs et d'une collection de chrysanthèmes. Il faisait frais. Nous laissions les petits à la maison devant une cassette vidéo, avec une provision de biscuits (à l'époque, on ne se méfiait ni des écrans, ni de l'huile de palme), et nous allions retourner la terre, plus chaude que l'air et qui sentait toujours si bon.

I. me parlait de ses aïeux dont nous étudierions, à notre retour, les physionomies sur les daguerréotypes et les négatifs sur plaque de verre conservés dans la maison. Ces personnes étaient chrétiennes et françaises depuis des générations (d'où les chrysanthèmes à la place des cailloux, d'où les photos remontant aux années 1870) et j'éprouvais un mélange d'ivresse et d'apaisement à me pencher sur leur généalogie et sur leurs tombes. Il n'y avait aucune tristesse, aucune anxiété liées à ces moments passés au cimetière. Nous éprouvions, mon amie et moi, la tranquillité du devoir accompli, de la méditation dans laquelle les travaux de jardinage plongent quiconque s'y consacre, et d'une forme de croyance dans la continuité et la persistance des êtres et de la vie.

Impossible pour moi d'imaginer une scène équivalente au cimetière de Pantin ou sont enterrés ma mère ainsi que ma grand-mère, mes oncles et mes tantes paternels, pas plus qu'à celui de Bagneux où se trouvent les tombes de ma famille maternelle. Je n'imagine pas y emmener une amie, encore moins nettoyer la pierre tombale ou désherber les alentours. Mais c'est peut-être parce que ces immenses cimetières urbains, tout en constituant des jardins de secours à la ville, tiennent un peu trop de l'usine.

Et donc, de la même façon que je voyage jusqu'au rivage de la mer Noire en pensée, je vais au cimetière en imagination. Je trouve facilement la tombe de ma mère car, comme autrefois à Besançon, j'ai un plan dans ma poche. Je m'assieds sur le bord de la pierre en souvenir de son corps souple et agile qui lui permettait, deux semaines avant sa mort, de marcher à quatre pattes sur le tapis du salon pour jouer avec mon troisième fils, alors âgé de 4 ans et demi, et de s'asseoir par terre à ses côtés pour construire un genre de puzzle en trois dimensions qui faisait alterner tours et engrenages.

– J'ai eu beaucoup de mal à donner ce jeu à Emmaüs, lui dis-je. Mais personne, vraiment personne n'y jouait plus.

– Tu aurais pu le garder pour tes petits-enfants.

– On avait perdu des éléments et la boîte n'était pas en très bon état. Mais à chaque fois, quand je repense à ce jeu, ou quand, dans un magasin de jouets, je passe devant un rayon qui en propose un de ce genre, j'ai le cœur qui se serre. Je pense à toi et j'ai envie de pleurer.

– Tu aurais quand même dû le garder. Tu l'as vraiment donné à Emmaüs ? Tu ne l'as pas jeté à la poubelle, au moins ?

Ma mère me connaît si bien. Elle sait tout de ma négligence, de mes difficultés à ranger et à archiver qui font de la benne à ordures ma meilleure alliée.

Je réponds par une question.

– Pourquoi tu es morte ? Je veux dire, si jeune ? Si vite. Tu n'as été malade qu'une semaine. On n'a pas du tout eu le temps de se faire à l'idée.

– Bah, j'ai vu une sortie. Je me suis dit pourquoi pas maintenant ? Je ne voulais pas être un poids pour vous. Je ne voulais pas que ton frère, ta sœur et toi ayez à endurer ce que j'ai traversé pendant les dernières années de vie de ma mère. C'est un peu comme sur l'autoroute. On roule vite, on voit une sortie, on s'y engage, et le temps qu'on se demande si c'était la bonne, on n'a plus la possibilité de revenir en arrière.

– Si tu avais attendu un peu, un tout petit peu, tu aurais vu ta petite-fille. Ma fille. Tu te rends compte ? À quatre ou cinq jours près ?

– Oui…

– Quoi, oui ? Tu ne regrettes pas de ne pas l'avoir connue ?

– Je la connais. Je vois très bien comment elle est. Elle a de grands cils noirs épais et beaucoup de personnalité.

– Comment le sais-tu ?

– Tous tes enfants sont comme ça.

– Tu aurais pu attendre.

– J'en avais assez.

– De quoi ?

– C'est difficile à dire. J'avais le sentiment de ne plus servir à rien.

– Mais c'est faux. Tu m'aurais servi à moi. Tu m'as tellement manqué. Tu me manques tellement. Tu m'aurais aidée avec ce bébé.

– C'était bien que tu te débrouilles toute seule.

– Tu n'étais pas curieuse ?

– Si. Mais j'étais plus dubitative que curieuse.

– Dubitative ?

– Le sens de la vie, tout ça…

– Et c'est comment là où tu es ?

– C'est grand et rempli de choses.

– C'est où ?

– Dans ta tête.

– Tu as retrouvé des gens que tu voulais voir ?

– Mon père n'est pas là. Je le cherche. Il n'est pas là. Je sais que parfois, tu appelles ta fille par le surnom que mon père me donnait. Ça m'a surprise la première fois. Mais c'est bien. Continue.

– Je n'ai pas fait exprès. Je ne savais pas que c'était ton surnom.

– Je te l'avais dit.

– Mais j'avais oublié.

Deurmir

Il y a cinq ans, bientôt six, mon mari, nos deux plus jeunes enfants et moi avons quitté Paris – où nous étions nés tous les quatre – pour aller vivre dans un village agricole de Seine-Maritime, près de la mer. Un jour, notre fille est rentrée de la maternelle avec une stupéfiante nouvelle.

– Ici, a-t-elle déclaré, le menton haut, sûre de son effet, les enfants ne dorment pas.

– Comment ça, ils ne dorment pas ? nous sommes-nous étonnés. Tous les enfants dorment. Tu veux dire qu'ils ne dorment pas à la sieste ?

– Ils ne dorment pas à la sieste, mais ils ne dorment pas non plus la nuit.

– Jamais ?

– Non. Ils ne dorment jamais.

– Comment font-ils ?

Elle a pris un temps pour augmenter l'impact de sa révélation, puis elle a annoncé :

– Ils deurment.

Deurmir, selon cette enfant de 5 ans, n'était pas simplement

« dormir avec un accent cauchois ». Deurmir était tout autre chose et n'avait pas seulement à voir avec le sommeil. Il y avait, certes, une dose de second degré dans la déclaration de notre fille, mais aussi une part de circonspection sincère. Un peu à la manière de Walter Benjamin expliquant que lorsque l'on traduit *Brot* (allemand) par *pain* (français), on a échoué car l'objet désigné dans un cas est lourd, humide, noir et carré, alors que dans l'autre il est long, fin, croquant et doré, notre fille notait que dormir à Paris était différent de deurmir en Normandie. Rumeur de la ville rayée par la clameur des sirènes contre silence rural piqueté de cris d'oiseaux nocturnes, chaleur de l'appartement contre fraîcheur de la maison, éclairage public contre rayon de lune. Deux mots différents décrivaient deux réalités différentes.

Je ne l'ai pas compris sur le moment.

Sur le moment, j'ai cru à une blague mêlée d'un ardent souci d'intégration. Ainsi, cette même fille nous dirait-elle, quelque temps plus tard : « Je sais que vous ne parlez pas comme ça, mais quand je suis à l'école avec mes copains, est-ce que je peux dire : "J'ai hâte aux vacances", au lieu de "J'ai hâte que les vacances arrivent" ? » Nous fondre dans le décor était notre plan collectif et adopter la langue du lieu faisait partie de l'aventure.

Ce n'est qu'en regardant l'entretien du 12 août 1996 que j'ai compris qu'autre chose était en jeu. Au moment où ma mère évoque son retour à Paris après avoir été cachée durant une année dans une ferme, elle hausse le ton pour raconter les difficultés du retour. La colère semble intacte. On l'a arrachée à la campagne, sa campagne chérie, et ses condisciples parisiens se moquent d'elle. « Pourquoi ? » lui demande l'interviewer. « Parce que j'avais pris l'accent normand. » Pour le prouver, elle prononce une phrase dans laquelle les *r* roulent, les *o* ont des allures de *e*, et les *a* de faux airs de *o*. J'y retrouve les mêmes intonations que dans certaines expressions rapportées par ma fille, sa petite-fille qu'elle n'a jamais connue, à plus de soixante-dix ans de distance.

L'année de ses 6 ans, ma mère l'a passée dans une ferme. Son penchant pour les jardins, les paysages, les promenades lui venait-il de là ? Au cours de l'entretien, elle dit n'avoir jamais perdu son amour de la campagne, et elle clôt le chapitre en déclarant avec un sourire : « Je déteste toujours autant Paris. » Paris où, à l'exception de l'année 1943, elle a vécu soixante-quinze ans.

Dans la Sarthe

Quand j'ai eu 5 ans, en 1971, mes parents ont acheté une maison secondaire : deux modestes bâtisses au sol en terre battue, donnant sur un jardin d'herbes folles et de pommiers nains. Ma mère aurait dit, après avoir passé la grille : « On me pose une chaise longue ici et je n'ai besoin de rien d'autre. » Elle retrouvait sa campagne, le vert, le vert, le vert, l'air, l'air, l'air, le calme, le calme, le calme.

Chaque été, mon frère, ma sœur et moi allions passer le mois d'août avec elle dans l'Yonne. Mon père nous rejoignait les week-ends. Il arrivait le samedi en brandissant *Salut les copains* ou *Podium* que nous nous arrachions, et parfois il rapportait un cadeau à ma mère. Je me souviens d'une petite fiole de parfum, elle-même glissée dans une minuscule bourse en velours vert amande à liens dorés, dont je pensais que c'était à la fois le comble du luxe et du romantisme. En cachette, j'ouvrais le ravissant pochon, je décapsulais le flacon et respirais l'effluve sophistiqué qui s'en échappait.

La lecture des magazines et les récits de mon père réveillaient l'ordinaire contemplatif que nous partagions au long de la semaine.

Du lundi au vendredi, nous ne faisions pas grand-chose. Nous allions jouer avec M. dans la ferme voisine. Nous escaladions des balles de paille. Nous montions dans la remorque du fermier. Parfois, on fabriquait une cabane. Le matin, on relisait un vieux *Rahan*, des *Pif*, des *Mickey*. On ne s'ennuyait pas (alors que dans l'année, à Paris, je souffrais et me plaignais d'ennui à tout bout de champ). Nous étions magnétisés par l'extase silencieuse de ma mère. Des feuilles de menthe sur les paupières, parfois remplacées par des rondelles de concombre ou des cotons humides (ma mère a toujours eu les yeux fragiles), elle restait allongée en bikini sur sa chaise longue, repue de solitude et de vacuité. La compagnie des enfants, les siens, comme ceux qui les accompagnaient parfois, camarades du coin, cousins de passage, ne lui pesait pas. Au contraire. Ma mère s'était toujours tenue à l'écart du jeu social. Peut-être conservait-elle, à cause des tragédies qu'elle et sa famille avaient traversées, une défiance à l'égard des humains. Les enfants étaient et demeureraient pour elle des êtres à part, sans malice.

Ainsi durant l'été vivions-vous avec elle comme des animaux, parlant peu, ne rentrant à la maison que pour nous nourrir, passant le reste du temps, même les soirées quand la chaleur le permettait, dans le jardin, ou sur la route alors si peu fréquentée qu'on y jouait à la marelle et qu'il nous arrivait, quand nous étions fatigués après une partie de chat perché, de nous y étendre, comme pour une sieste, alanguis par la chaleur qu'avaient emmagasinée les gravillons. Jamais, par la suite, je n'ai connu une insouciance, une plénitude semblables. C'était la vie a minima. Manger, boire, se laver, dormir, sous l'aile d'une mère qui ne pesait rien, car elle était elle-même plongée dans sa propre enfance.

Un motif se dessine. Il tient de l'initiation et de la réparation. Vers nos 5 ans, chacune à sa manière, mère, fille et petite-fille avons séjourné à la campagne : une année de 1943 à 1944 pour ma mère, tous les week-ends et un mois par an à partir de 1971 (année de mes 5 ans) pour moi, tous les jours de 2017 (année de ses 5 ans) à... on verra bien, pour la dernière-née.

Augmentation, exagération. De l'exception, on passe à la fréquence, pour finir par atteindre le quotidien.

À la sixième minute passée de vingt-sept secondes dans l'entretien que ma mère donne à la fondation Spielberg, elle précise que la ferme où sa mère, son frère et elle avaient été accueillis pendant la guerre se trouvait dans la Sarthe.

Je repasse plusieurs fois ce moment. J'écoute ma mère dire : « Dans la Sarthe. »

Lorsque à 23 ans j'ai épousé un tout jeune homme qui s'appelait Desarthe – rencontré huit ans plus tôt – et que j'ai insisté pour prendre son nom, je n'avais aucune idée de la coïncidence.

À présent que je vis entourée d'arbres et de fleurs – comme ma mère aurait rêvé de le faire –, dans l'herbe et le parfum des pommes, distraite par les piqûres de ronces, les brûlures d'orties, attentive aux baies de symphorine qu'on éclate entre les doigts, je me dis que j'ai tracé une ligne de l'enfant cachée mais heureuse à la fillette néo-normande dont le sens de l'humour n'a d'égal que le désir d'intégration.

Fidèle à ma méthode, je ne me rends pas dans la Sarthe en quête des descendants des fermiers qui ont sauvé ma mère, je ne cherche pas à voir la pièce où elle a trouvé refuge avec ma grand-mère et mon oncle, je ne vais pas interroger les voisins pour savoir s'ils étaient au courant que l'on cachait des juifs dans leur coin.

Je passe par les mots. Je m'appelle « de Sarthe ».

Les chiffres

Aujourd'hui a lieu le rendez-vous que je redoute le plus. Dès qu'il est question de chiffres, de papiers, de colonnes, mon cerveau cesse tout mouvement, comme s'il n'était plus irrigué. Quelque chose en moi stagne.

Heureusement, c'est au cours de danse orientale que j'ai rencontré S., et cela m'aide à lutter contre mon appréhension. Nous nous sommes connues alors qu'elle remplaçait Leïla, ma professeure habituelle. Des années plus tard je me rappelle l'émotion éprouvée en la voyant danser pour la première fois. Elle avait, m'étais-je dit, la rapidité et la précision d'une machine à coudre, dans un corps parfaitement voluptueux. S. est une danseuse occasionnelle et une comptable à plein temps.

Son cabinet, au deuxième étage d'un immeuble des Grands Boulevards à Paris, est inondé de soleil, le jour où nous nous rencontrons pour parler de mon projet. S. porte un tailleur bleu marine strict et des lunettes de soleil.

– Pardon, me dit-elle. Trop de lumière.

On dirait une star, avec sa peau mate, son rouge à lèvres

écarlate et son chignon banane ; je pense à Oum Kalsoum et à Farah Diba, les reines de mon enfance.

– Je ne te dérange pas ?

– Mais non, pas du tout. Raconte-moi.

Avec autant de maladresse que lorsque j'essayais d'exécuter sous ses yeux la rotation inversée avec flexion, je lui explique que je voudrais imaginer une communauté solidaire de personnes âgées vivant dans un lieu dédié.

– En ville ?

– Non, plutôt à la campagne. Ça change quelque chose ?

– Le montant des impôts locaux.

Elle note, souligne, trace un astérisque. J'ai l'impression d'être déjà perdue.

Je lui demande s'il sera possible d'employer des gens. Je lui dis que nous aurons besoin de kinésithérapeutes, de masseurs, de professeurs de gymnastique et de yoga, de coiffeurs, de cuisiniers, d'aides ménagères…

– C'est quoi, l'âge minimum des pensionnaires ?

– Ça change quelque chose ? je répète, pétrifiée d'avance.

– Si vous prenez les personnes de 48 ans, ça m'intéresse. Tu m'inscris ?

Elle éclate de rire et je me détends légèrement.

– Il faut que tu crées une association loi 1901. On commence comme ça. Je vais t'aider.

– C'est combien, ton tarif horaire ?

– Attendons que les subventions tombent pour en parler.

– Et si je n'en ai pas ? Si personne n'y croit ? Si je ne reçois aucune subvention ?

– Ma fille passe le bac français cette année. C'est une vraie scientifique, comme sa mère. Dès qu'elle lit une page de livre, elle s'endort. Toi, c'est ton métier. Tu pourrais l'aider ?

Je songe que j'ai été incapable de le faire pour mes propres enfants et qu'aujourd'hui encore le concept d'explication de texte me donne des sueurs froides.

– Oui, bien sûr. Je l'aiderai.

S. retire ses lunettes noires, prend son visage dans ses mains et demeure immobile un instant. Je n'ose pas lui demander ce qu'elle a. Est-ce sa fille, scientifique comme elle, qui lui donne du souci ? Malgré sa jeunesse (elle est ma cadette de huit ans), S. a de l'ascendant sur moi et j'ai tendance à perdre mes moyens face à elle. J'ai l'habitude qu'elle me corrige, qu'elle me critique. « Ne sors pas les côtes comme ça. Baisse les épaules. Lâche dans les genoux. » C'est ma professeure. Je l'admire. Face à elle, je me sens comme une enfant.

Quand elle relève le front, je constate qu'elle a pleuré.

– Ma mère a Alzheimer, dit-elle. Avant, c'était mon père qui s'en occupait. Je ne sais pas comment il faisait pour supporter. Il est mort du Covid, tu savais ? Là, on lui a trouvé une structure, à ma mère, je veux dire. Elle est prise en charge. Elle me reconnaît encore. Mais parfois j'ai l'impression qu'elle fait semblant. Je crois que les infirmières la préparent avant chaque visite. Dès le matin, elles lui répètent : « Votre fille va venir. Vous vous souvenez comment elle s'appelle ? Elle va venir et vous l'embrasserez et vous serez très contente. » J'en suis sûre, en fait. Parce que quand j'arrive, elle me dit, avec une voix bizarre, un peu « théâtre » : « Ah, voilà ma fille ! », mais au bout de deux minutes, elle perd les pédales et se met à raconter n'importe quoi. Comment vous ferez dans ton endroit si quelqu'un perd la tête ? Tu sais qu'un jour ma mère a mangé sa serviette en papier ? En entier. Elle a dit que d'habitude il y avait une gaufre avec, mais qu'elle n'avait pas l'habitude de se plaindre et que finalement c'était assez bon, même comme ça. Comment vous ferez si certaines personnes se mettent à manger leur serviette en papier ?

Je lui avoue que je n'ai pas encore étudié cette question.

– Les vieux sont de plus en plus vieux, remarque-t-elle en se tamponnant les yeux à l'aide de ses poings. Ils sont de plus en plus nombreux. Comme on vit plus longtemps de nos jours, c'est logique, on accumule les maladies. Hier j'étais dans un labo pour faire une prise de sang et un papi tout tremblotant a dit à sa fille : « Finalement, je suis en bonne santé. Qu'est-ce que j'ai déjà ?… À part ma Parkinson, bien sûr. » La fille lui a répondu : « Oui, c'est vrai, tu te portes bien. Avec ton insuffisance cardiaque, ton arthrose… » Il a terminé en ajoutant : « Et mon petit cancer de la prostate. » Ils avaient l'air satisfaits. Comme si être vivant, c'était avoir gagné le gros lot. Moi, dès que je sentirai que je déraille, que je suis diminuée, que je perds en autonomie, je me foutrai en l'air. Tu veux qu'on fasse un tableur ?

– Pardon ?

– Tu veux qu'on fasse un tableur avec quelques chiffres pour évaluer les premiers investissements ? Ils vont sûrement te demander un papier à la banque.

– La banque ? fais-je, comme si c'était la première fois que j'entendais ce mot.

S. m'a fait sortir de mes rails. J'éprouve d'immenses difficultés à retrouver ma concentration. Au lieu de l'aider à remplir les colonnes qui nous permettront d'estimer le montant de l'emprunt, je nous vois, mes amis de jeunesse et moi, ceux avec lesquels je traînais dans le XIe et le XXe arrondissement de Paris à la fin des années 1980, assis autour d'une table en train de manger des serviettes en papier. I., D., O., T., N., Y. et un peu plus tard L., F., G., O., M., I., E., B., C., D., S., N. et les autres, mes camarades, mes quasi-frères, mes quasi-sœurs, qu'allons-nous devenir ?

Dialogue

– Tu te rappelles l'époque où tu ne savais pas ce qu'était la dialectique ?

– Oui, j'étais en khâgne et il y avait tant de choses que ne connaissais pas, tant de définitions qui me manquaient. J'ignorais comment employer correctement le mot « alternative », je n'avais pas lu une ligne de Proust et je ne maîtrisais qu'une ou deux figures de style (l'oxymore et… je n'en connaissais qu'une, en fait).

– Et aujourd'hui ?

– Je n'ai pas tellement progressé. Si je devais expliquer le sens du mot « dialectique » à l'instant, je ne suis pas certaine que j'y parviendrais. La semaine dernière, mon fils de 14 ans m'a corrigée sur mon emploi fautif du mot « alternative ». J'ai lu *À la recherche du temps perdu*, en entier, assidument, avec passion. C'est déjà pas mal. Quant aux figures de style… Zeugma, ça existe ? C'est quoi déjà ? Pourquoi tu me parles de la dialectique ?

– C'est le mot qui m'est venu en tête quand je t'ai vue si déroutée chez S. Il n'y a pas de raison que ces histoires de serviettes en papier te détournent de ton projet. Tu n'es pas censée résoudre la question du vieillissement de la population à grande échelle, ni inventer un nouveau système de prise en charge de la démence sénile.

– …

– Pourquoi tu ne dis rien ?

– J'étais allée regarder la définition de dialectique dans le dictionnaire.

– Pendant que je te parlais ?

– Pardon. Je n'aurais pas dû, d'autant que je n'y comprends toujours rien. Je voulais seulement savoir pourquoi c'était ce mot qui t'était venu à l'esprit.

– À cause du préfixe *dia*, qui m'évoque la dualité, et de l'expression « à hue et à dia ». Au lieu de t'en tenir à ton idée de départ, tu te laisses déborder et détourner par des problèmes que tu ne peux pas résoudre.

– C'était quoi, mon projet de départ, déjà ?

– Tes grands-parents au Château des Rentiers. Tes amis de jeunesse et toi quand vous serez vieux. Avoir envie.

– Envie de quoi ?

– De penser à l'avenir. Ne pas grincer des dents dès que quelqu'un dit « dans dix ans », « dans vingt ans », « dans trente ans »…

– Arrête.

– Pourquoi ?

– Je grince des dents.

– Il ne faut pas. C'est ça que tu cherches, c'est ça que tu dois trouver, un moyen de t'envoyer dans le futur, et les gens que tu aimes aussi, bien sûr, de vous envoyer tous dans le futur sans appréhension, avec joie. Le mieux, ce serait que tu parviennes à frôler l'impatience.

– À quoi bon ?

– Je ne sais pas si cela sert vraiment à quelque chose. Pourquoi les enfants sautent-ils d'un pied sur l'autre ? Pourquoi prennent-ils de l'élan dès qu'il s'agit de se déplacer ? Pourquoi courent-ils sans cesse ? Ils sont curieux, ils sont joyeux, ils sont insouciants.

– Comment veux-tu que je sois insouciante ? Qui peut prétendre être insouciant en ce moment ?

– ...

– Pourquoi tu ne dis rien ?

– Je cherchais une formule hassidique sur Internet et je suis tombée sur une citation de Jacques Prévert.

– Pendant que je te parlais ? Et c'est quoi, cette phrase que tu cherchais ?

– « Il faut s'efforcer d'être joyeux. »

– Alors ?

– Alors Prévert a écrit : « Il faudrait essayer d'être heureux, ne serait-ce que pour donner l'exemple. »

– Ce n'est pas la même chose.

– Non, tu as raison. Ce n'est pas du tout la même chose. Être joyeux et être heureux sont deux états bien différents.

– Enfant, je voulais être les deux, joyeuse et heureuse. Et je crois que je le vivais comme un devoir, un genre de politesse envers la famille de ma mère qui avait été décimée et la famille de mon père qui avait tellement souffert.

– Mais tu conçois que ce n'est pas la même chose, n'est-ce pas ? Dans être joyeux, on entend toujours, même en sourdine, quelque chose comme « malgré les soucis, les difficultés, le chagrin, les catastrophes ». Alors que se donner du mal pour être heureux, c'est une problématique de boomer, comme on dit maintenant. D'après nos jeunes, on a tellement essayé d'être heureux qu'on a foutu le monde en l'air.

– Je crois que j'ai un peu confondu les deux.

– C'est mal.

– Il m'est difficile d'affirmer que je ne le ferai plus.

– Je te surveillerai. Pour ce qui est de tes amis et toi, vous ne serez peut-être pas heureux d'être vieux, mais vous pouvez vous efforcer d'être joyeux.

Invisible et intouchable

Mon grand-père, Boris Jampolski – qui n'était pas, comme je l'ai mentionné, le père de ma mère, mais l'homme qu'avait épousé ma grand-mère après la guerre – est mort à 97 ans, quinze ans après Tsila, rebaptisée Petite mamie. Bien avant qu'il ne soit diminué physiquement et mentalement, il m'avait confié qu'il avait assez vécu. « J'ai eu mon compte », disait-il. Il considérait qu'il pouvait mourir n'importe quand ; cela ne lui faisait pas peur, ne le dérangeait pas. Il ne ressentait pourtant aucune douleur. Son état d'esprit n'était pas lié à un accablement. J'en avais été étonnée. Jusque-là, j'avais cru que seuls pouvaient souhaiter la mort, ou du moins l'accueillir tranquillement, ceux dont le quotidien était rendu infernal par la souffrance, ou le spectacle de leur propre déchéance. Le trépas devenait alors synonyme de soulagement, il marquait la fin de la torture.

Mon grand-père n'était pas dans cette situation. Il allait bien. Il ne s'ennuyait pas, n'était pas déprimé, ne se plaignait de rien. Il disait : « Si ça vient, ça me va. »

Mais la mort n'est pas venue. Mon grand-père s'est dégradé très lentement. Jusqu'à retourner à l'état d'enfant que l'on nettoie et que l'on nourrit. Un enfant sans avenir et que personne ne trouve mignon, que nul n'a envie de dorloter, de bercer, de humer.

Je pense à cela, au corps que l'on ne touche plus que par nécessité et souvent avec dégoût. Enfant, je remarquais que les vieux exigeaient des baisers, ils respiraient ardemment notre cuir chevelu, comme on sent le parfum subtil d'une fleur dont on craint qu'il ne nous échappe, ils nous étreignaient souvent trop fort. Je croyais que cette tyrannie ordinaire, « Viens faire un bisou », « Tu as dit bonjour à tante machin ? », « Oui, c'est vrai, tonton bidule ne sent pas très bon, mais… », avait à voir avec la politesse. Je le pense de moins en moins. Je constate que vient un âge où plus personne ne vous touche, à part les petits enfants obéissants que vous avez la chance de croiser. Ce n'est pas une situation agréable, et je ne suis pas certaine que les personnes qui s'y trouvent en aient elles-mêmes conscience.

Au cours d'une vie, si tout se passe normalement, on aura été touché en tant que bébé (la peau douce, la chair tendre), en tant qu'enfant (que l'on protège, que l'on chérit), en tant qu'adolescent (par nos contemporains ; amis, amoureux, c'est égal), en tant qu'adulte (mari, femme, amant, amante), jusqu'au jour où, parce qu'on a trop vieilli, plus personne ne songe à nous mettre la main dessus. Notre démarche chancelante n'attire pas les foules, nos rides combinées à l'affaissement de la chair ont travesti notre visage (où sont passées nos joues ?), nos articulations déformées par l'arthrose nous font ressembler à des sorcières, à des gnomes.

« Qui voudra encore de moi ? » est une question que les femmes se posent plus précocement que les hommes ; certains d'entre eux le nieront et prétendront que nous sommes égaux face au vieillissement. C'est faux.

Arrive cependant un moment où l'on se rejoint. Après être devenu invisible (personne ne se retourne plus sur votre passage, même les jours où, naïvement, vous pensez être à votre avantage dans cette robe ou avec cette veste), on devient intouchable. Et la lamentation – toujours muette – qui s'élève alors n'est pas que d'ordre sensuel. On n'est pas seulement triste de ne plus plaire, ou de songer qu'il y a peu de chances que l'on vive un joli moment d'érotisme d'ici la fin de notre existence, on est physiquement inconsolable (la plupart du temps, sans se le formuler) de ne sentir aucune peau contre la nôtre, aucune main tendre sur notre épaule, aucun ventre collé à notre dos.

– C'est pour ça que tu as demandé à l'architecte de dessiner un lieu dédié aux massages dans ton phalanstère ? me demande Alterego.

– Oui.

L'aveu me coûte et je ne suis pas certaine de savoir pourquoi. Je suis traversée par un frisson de honte. Alterego le sent et enchaîne :

– Tu vas trop loin. Que des kinésithérapeutes viennent prodiguer des soins, d'accord, mais ton idée à toi, l'idée que tu as derrière la tête et que forcément je connais, dans la mesure où je loge dans le même crâne que toi, flirte avec le salon de massage prétendument thaï.

– Tu exagères, toi aussi. Ce n'est pas sexuel.

– C'est ce que prétendent les salons de massage prétendument thaïs.

– Tout le monde a besoin d'être touché, touché physiquement, pas seulement psychiquement.

– Et les pensionnaires entre eux ? Ils pourraient se toucher, non ?

– On serait entre amis, entre amis d'amis.

– Et alors ? Je croyais que ça n'avait rien de sexuel. Tu ne parviens pas à dépasser le tabou, à t'en émanciper.

– De quel tabou tu parles ?

– De celui que tu dénonces sans le nommer. La sensorialité du grand âge, la sexualité du grand âge.

– J'ai trop peur, si j'en parle, que la méchante vieille dame écossaise vienne me couper en morceaux pendant mon sommeil. Elle me dira que je n'ai pas le droit de parler de ce que je ne connais pas.

– Sauf que tu connais.

– Oui, je connais.

– Comment ça se fait ?

La visiteuse

J'ignore si c'est parce que j'ai écrit son nom il y a quelques pages, mais voici que Tsila m'apparaît de nouveau. Ma grand-mère, morte depuis vingt-huit ans, est assise sur la chaise paillée qui jouxte mon fauteuil. Nous sommes proches car la pièce qui me sert de bureau mesure deux mètres sur deux. Nous sommes proches car nous l'avons toujours été. Je ne sais pas ce qu'elle pensait de moi. Si je me le demande aujourd'hui, aucune réponse ne vient. Ce qui me frappe, c'est notre différence de taille. Elle mesurait moins d'un mètre cinquante, j'approche le mètre quatre-vingts. Entre nous deux, ma mère, qui mesurait un mètre soixante-huit. Je souris en songeant que nous sommes comme des poupées russes à l'envers, celle qui a porté est plus petite que celle qui a été portée. Cette vision est, d'une certaine façon, fidèle à la réalité. Dans le monde tel qu'il est aujourd'hui, je renferme en moi, dans ma mémoire, ma mère telle qu'elle fut, elle qui, dans sa mémoire, renfermait ma grand-mère telle qu'elle avait été, et ainsi de suite.

Tsila n'est pas bavarde aujourd'hui. Son visage est impassible. Immobile, elle attend que je la questionne. Afin de me donner du courage, je convoque une image de nous deux ensemble, il y a une cinquantaine d'années. Nous sommes assises dans l'herbe, en bas du jardin de la maison de campagne de mes parents. Le soleil brille, il fait chaud, c'est le début de l'été, et ma grand-mère a relevé sa jupe pour profiter des doux rayons de juin. Elle porte ce que je crois être une gaine – sans doute grâce aux publicités qui vantaient à l'époque un dessous féminin, disparu depuis des rayons lingerie : la « 18 heures » de Playtex. Le tissu blanc scintille sur le vert de la pelouse, c'est une matière satinée qui comprime le ventre, enserre les hanches et se termine par de minuscules bretelles, blanches elles aussi, qui servent à maintenir les bas en haut des cuisses, un genre de porte-jarretelles intégré. Ma grand-mère a-t-elle les jambes nues ? Je ne pense pas, car elle avait la peau très claire et, dans mon souvenir, ses genoux et ses mollets sont couleur caramel. Sa tenue n'est pas indécente. Pourtant si je vois sa gaine, c'est qu'elle a complètement remonté sa jupe ou qu'elle l'a enlevée. Impossible. Pas du tout son style. Peut-être ne vois-je que le porte-jarretelles qui dépasse. Ce qui est certain, c'est que je n'en ressens aucune gêne (alors que l'on a si facilement honte de ses parents et de ses grands-parents lorsqu'on est enfant). Si je tente de déterminer ce que je ressens à ce moment, c'est le mot « intimité » qui me vient à l'esprit. Nous sommes « entre filles ». Quelque chose que je n'ai jamais encore connu se joue là, dans l'herbe ; l'ébauche d'un partage, d'une communion, d'une identification. La scène est muette. Je n'ai aucun moyen d'affirmer que nous ne parlions pas. C'est seulement que je ne me rappelle aucune des phrases échangées.

De ma grand-mère maternelle, même si j'ai passé beaucoup de temps avec elle, je ne conserve que des miettes de discours, liées pour la plupart à la nourriture, au thé (« Non, c'est pas chaud », dit-elle de sa voix douce et légèrement tremblante, tandis qu'elle s'apprête à boire une eau qui vient de bouillir) et à la littérature (réduite au seul nom, si joliment prononcé qu'il faisait poème à lui seul, de Lermontov). C'est tout.

Comme elle est assise dans mon bureau, sur la chaise paillée, j'envisage de la faire enfin parler. La première phrase à laquelle je songe ne fonctionne pas, mais je n'en trouve pas d'autre : « Tu as souffert ? »

La raison pour laquelle je rejette cette question n'a rien à voir avec son contenu, mais avec sa formulation. Le côté sérieux et anonyme et, au bout du compte, banal du « elle a beaucoup souffert » ne convient pas. Mes grands-parents, comme de nombreux juifs d'Europe centrale venus à Paris dans les années 1930, avaient adopté plus volontiers l'argot de la capitale que le français standard colporté par la littérature et réservé à ceux qui étaient nés dans l'Hexagone ou y avaient suivi des études. Ainsi, la réponse à la question que je ne prononce pas serait plutôt quelque chose comme : « C'était pas rigolo. » Pas rigolo de perdre son mari. Pas rigolo d'attraper la rubéole quand on est enceinte de son deuxième enfant. Pas rigolo de vivre cachée dans une ferme. Pas rigolo de tomber gravement malade et de devoir subir une ablation de l'utérus, un mot imprononçable pour quelqu'un qui ne pouvait pas former le son « u », ce qui, me semble-t-il, ajoute encore à la douleur de l'amputation.

– Il paraît que, quand tu étais jeune, lui dis-je sans l'avoir prémédité, tu fumais deux paquets de cigarettes par jour.

Tsila ne dit rien. Son visage ne parvient pas à s'animer. Je peine à susciter son intérêt.

– Je n'arrive pas à imaginer que tu fumais. Je ne t'ai jamais vue une cigarette à la bouche. C'est comme si j'apprenais que tu avais fait carrière dans le catch. Pour moi, tu as toujours senti la cuisine, le chaud et le sucré.

Elle demeure impassible.

– Tu te rappelles le jour où, enfant, je t'ai expliqué qu'on ne mettait pas une robe par-dessus un pantalon ? Aujourd'hui je m'habille comme ça. Je porte une robe ou une jupe par-dessus un pantalon. C'est drôle, tu ne trouves pas ?

Toujours rien. Ma petite grand-mère aux cheveux blond vénitien coupés en courtes mèches ondulées garde la bouche fermée, menton légèrement en avant.

– Mon deuxième fils, celui qui avait trois mois quand tu es morte, a appris le russe au collège. Il est allé à Saint-Pétersbourg. Plus tard, quand il est devenu étudiant, il a travaillé sur Soljenitsyne. C'est étonnant, non ? Enfin, disons que c'est intéressant. Tu sais que j'ai quatre enfants, maintenant ?

– Tu vas bientôt être grand-mère ? dit-elle enfin.

– Je ne sais pas. Peut-être.

On dirait que j'ai réussi à la réveiller. C'est si fragile. Comment poursuivre, comment maintenir son attention ? Je brûle de lui demander si elle sait que sa fille est morte, mais c'est affreux, il ne faut surtout pas que je lui en parle.

– C'est bien d'être grand-mère ?

Elle sourit. Elle ne répond pas. Mais elle sourit. Elle inspire profondément. Je sens qu'elle hésite. Puis elle dit :

– Je ne pensais pas que je tiendrais. Je n'étais pas en forme quand tu étais bébé. Après, ça allait mieux. (Elle ne prononce pas « mieux », elle prononce « mié ».) Il faut être en forme. Ta maman, quand elle a été grand-mère, elle était en forme.

Elle se met à rire, doucement, puis l'hilarité la gagne. Je n'ai jamais vu ma grand-mère avoir un fou rire, c'est déroutant.

– Il faut être en forme pour vivre, finit-elle par déclarer entre deux spasmes.

Et voilà qu'elle s'est dissoute. La chaise paillée est de nouveau vide. Dans mon bureau, il n'y a que moi et l'énigme que le message de Tsila a fait éclore.

Dialogue

– Tu t'attendais à quoi ?

– Je ne sais pas. À une révélation.

– Tu espères toujours une révélation. Les révélations, ça n'existe pas. C'est un procédé dramaturgique, un truc de paresseux. Ce que tu attends de Tsila, c'est quelque chose qui est déjà là, quelque chose que tu sais déjà mais que tu n'oses pas dire, une réalité, un objet, face à quoi tu manques de mots.

– J'ai peur d'être pompeuse.

– Tu as toujours peur quand tu écris.

– Non, pas toujours.

– Menteuse. Prends le risque. Prends le risque de te tromper. Tu pourras toujours effacer, couper… Tiens, tu viens d'effectuer [Ctlr + x]. Tu me censures. Tu vois que tu sais le faire. Rien de ce qu'on écrit n'est sacré. Rien ne reste. Ce qu'on lit, on finit par l'oublier.

– Je voulais que Tsila me dise que s'ils étaient si heureux au Château des Rentiers – enfin, plutôt s'ils donnaient l'impression de l'être –, c'est parce qu'ils avaient été si malheureux avant.

– Tu l'as déjà écrit, ça. Tu as expliqué que la mort, pour eux, n'était pas ce vers quoi ils cheminaient mais ce à quoi ils avaient échappé.

– Ce n'est pas suffisant. Il y a autre chose.

– Quoi ?

– Nous.

– Qui ça, nous ?

– Toi et moi. Enfin, plutôt moi et moi.

Alterego se tait. C'est à présent son tour d'espérer une révélation. Je cède à son attente en déclarant :

– Un jour, un critique littéraire a dit à la radio qu'Agnès Desarthe écrirait mieux quand elle aurait souffert.

– Vraiment ? Il est de la même famille que l'obstétricien sadique qui tenait à ce que ton bébé ne pourrisse pas dans ton ventre ?

– Les paroles du critique m'ont fait beaucoup plus de mal que celles de l'obstétricien.

– Peut-être faisait-il plutôt clan avec la sorcière écossaise.

– Oui, c'est ça. Exactement. À cause de la vérité.

– Quelle vérité ? Depuis quand tu crois à la vérité ?

– Depuis qu'elle me blesse. Quand la dame d'Édimbourg a prétendu que je n'y connaissais rien, que je n'avais pas le droit d'écrire sur la vieillesse et sur la guerre, elle avait raison. Je n'y connaissais rien.

– Pas la peine de connaître pour écrire. Tu l'expliques si bien. On écrit pour connaître, pas l'inverse. Sans cela aucun livre ne vaut. Si la connaissance était la condition de l'écriture – pour peu que la connaissance existe –, seule l'autobiographie serait possible. Car on ne connaît jamais l'autre. Je n'aurais pas cru que la défaite de l'imagination serait sonnée par ton clairon.

– On ne sonne pas les défaites.

– Alors sonne la victoire de l'imagination. Ne te laisse pas faire par les méchantes femmes, par les affreux messieurs. C'est justement ça qui est beau avec les livres, la tentative désespérée, ce grand pas impossible vers l'autre, au-dessus du gouffre qui sépare les êtres. On ne le franchit jamais vraiment, mais c'est l'élan qui compte. Comme pour l'utopie. Sans cet élan, c'est la procession morose des monades renfermées sur elles-mêmes. Chacun pour soi et la littérature pour personne. Combien de fois les livres t'ont-ils sauvée ?

– Cent fois. Mille fois. Tous les jours. Sans cesse.

– J'aime mieux ça. Réglons son compte à ce critique méprisant, à ce bonhomme qui croit te connaître sans rien savoir de toi, qui se fie aux photos, au bruit du monde et aux images toujours fausses colportées de bouche médisante à oreille jalouse.

– Je voulais que Tsila me dise que nous n'avions pas assez souffert pour être heureux quand nous serons vieux.

– C'est comme ça que tu te venges ? En adoptant le point de vue de l'ennemi ?

– Ça n'a rien d'une vengeance. C'est une réflexion, une chose à laquelle je pense depuis des mois et qui concerne le confort.

– Je t'écoute.

– Il faudrait aussi que tu m'encourages.

– Je t'encourage.

– Depuis que j'ai commencé à concevoir ce projet en miroir de ce que j'avais connu chez mes grands-parents, je me dis que notre génération a vécu dans un confort tel que la vieillesse a cessé d'être un privilège – le privilège de ceux qui s'en sont sortis, qui ont échappé à la mort, dont la santé a permis qu'ils résistent à diverses épidémies. La vieillesse, pour nous, n'est que déchéance. Notre génération a tout à perdre en vieillissant. J'ai peur que mon phalanstère ne voie jamais le jour.

– Agnès Desarthe aura son phalanstère quand elle aura souffert ?

– Je ne parle pas de moi. Pas seulement de moi. Je pense aux années qui se sont écoulées depuis ma naissance en Europe de l'Ouest. Aux années durant lesquelles le plus dur a été de supporter que les murs de tous les restaurants soient repeints en gris et que les vêtements comportent des épaulettes tout en s'obstinant à marier le turquoise et le violet.

– Tu n'as pas digéré les années 1980, mais les jeunes adorent. Pense à eux, pense aux jeunes.

– Je ne peux pas penser à tout le monde.

– Alors pense au choc pétrolier, à la fin du plein emploi, au sida, à la vache folle, aux attentats de 1995, au 11 septembre 2001, aux massacres de…

– Éteins cette radio qui parle par ta bouche. Je connais les dates. Je connais les chocs. Si cela peut te faire plaisir, disons qu'en dépit de tout cela, une partie de nous a cru à la promesse de la chanson des petits pionniers : « Nous bâtirons des lendemains qui chantent », disaient-ils. Nos belles années ont chanté, c'est ce que nous reprochent certains parmi les jeunes justement : vous vous êtes bien amusés et vous nous léguez un monde en ruine.

– Nous avons laissé couler l'eau pendant que nous faisions la vaisselle, pris l'avion, oublié de couper le moteur de la voiture en attendant les enfants devant l'école (alors qu'on aurait pu les ramener à pied), nous avons acheté énormément de vêtements de mauvaise qualité fabriqués loin de chez nous par des personnes quasiment réduites en esclavage, nous avons mangé du rosbif, beaucoup trop de rosbif, nous avons laissé les lumières allumées dans toutes les pièces de la maison, nous avons…

– La liste est trop longue. La liste est inutile. Tu crois vraiment que cela aidera nos enfants si on décide de se laisser mourir lentement, dans la solitude et la tristesse ? Il ne faut pas confondre punition et solution. Rappelle-toi, il faut s'efforcer d'être joyeux, par pudeur, par politesse, quitte à ce que les autres pensent que tu ne souffres pas. Il faut organiser l'avenir, et pas seulement pour notre propre bien-être. C'est aussi pour les enfants qu'on le fait.

– Tu n'as pas le droit d'utiliser les enfants comme argument. C'est déloyal.

– Je n'ai pas le choix. Demain tu as rendez-vous à la banque. Ne me déçois pas.

Chœur

Perla, 91 ans – Ce qui me dérange dans l'idée d'Ehpad, c'est qu'il n'y a que des vieux. J'ai toujours fréquenté des personnes d'âges différents. Je suis violoniste. Au cours de ma carrière, j'ai joué avec des pianistes qui auraient pu être mes enfants, ou mes petits-enfants, et je vous promets que nous étions comme des frères, comme des sœurs. Cela fait quelques mois que je ne peux plus marcher. Ma fille voudrait que je vienne chez elle, mais je préfère rester chez moi, où je n'embête personne. L'infirmière vient, l'infirmière part, l'aide ménagère m'apporte les repas. Une autre dame m'aide pour la toilette et les vêtements. Mon appartement est un vrai moulin. Il y a tout le temps du monde. Et toutes ces femmes sont jeunes. Jeunes, pour moi, c'est moins de 70 ans. Elles sont d'origine étrangère. J'ai toujours travaillé avec des gens d'origine étrangère. Mais celles-ci ont une vie difficile. Je me sens coupable par rapport à elles, parce que j'ai eu plus de chance, j'ai appris la musique.

Émile, 78 ans, *ancien danseur, vit depuis dix ans dans une maison de retraite spécialisée dans la maladie d'Alzheimer* – Je n'arrête pas. Le matin, hop ! une douche. Paf ! Paf ! Paf ! le boulot. Hop ! une douche. On mange, on mange, qu'est-ce qu'on mange ! Qu'est-ce qu'on mange ? À midi, j'ai plus faim. Hop ! une douche. Ma femme avait des cils en plume d'aigrette véritable. Elle est dans la chambre à côté. Ses plumes sont tombées à l'automne. On n'en fait plus des comme ça. Une douche et au lit !

Sadia, 58 ans – Ma mère, quand elle a commencé à plus aller – elle confondait les jours, elle faisait pipi sur elle –, je l'ai envoyée au Maroc où elle a une sœur qui s'occupe d'elle et mon frère qui a son entreprise là-bas. Ici, en France, on ne peut pas garder les parents chez nous. C'est trop cher. On n'a pas la place. Ça ne se fait pas. Ici, on met les vieux dans les Ehpad. Qu'est-ce que ça signifie ce mot, Ehpad ? Personne n'a envie d'aller là-dedans. Il faudrait qu'ils changent le nom. Ils devraient appeler ça « les grandes vacances », quelque chose qui donne envie. J'ai déjà dit à ma fille que quand je serai vieille, il faut qu'elle me renvoie au Maroc.

Hélène, 92 ans – Non, ça ne me fait pas tellement envie, votre truc. Ça va coûter les yeux de la tête. Et puis, je n'ai jamais aimé la campagne. Je préfère la ville. Il se passe toujours quelque chose en ville. Je vais au café. Heureusement que je suis dans un quartier passant. J'ai trois enfants, mais ils sont morts. Alors…

Joseph, 85 ans – Les vieux sont trop vieux.

Fang, 48 ans – Ma maman et mon papa sont en Chine. Je vais les voir une ou deux fois par an. Mais pendant le Covid, impossible. Quand je prends ma retraire, je retourne en Chine. Mes enfants sont français. Qu'est-ce qu'ils feraient avec une vieille Chinoise à la maison ?

Thierry, 49 ans – Mes parents ? Je les déteste. Ils peuvent crever. Rien à foutre.

Valérie, 60 ans – Ce que ma mère a fait pour moi, je le fais pour elle. Je la lave, je la peigne, je la nourris. Quand j'étais bébé, elle me nettoyait les fesses. Bon. C'est pareil. Je lui lis des histoires. Je lui mets de la crème. Je ne sais pas comment j'aurais fait si c'était mon père qui avait survécu. Le corps de mon père. Ah. Je ne suis pas obligée de répondre. Si ?

Jeanine, 73 ans – Je suis une vieille dame. Ma mère m'apprend à être une très vieille dame. Chaque fois que je vais la voir aux Charmilles, elle m'enseigne une chose nouvelle. J'ai toujours pris modèle sur elle. Quand j'étais petite, j'essayais ses chaussures à talons, son parfum. Elle veut que je lui mette un disque de Barbara. Elle chante tout doucement sur la musique et elle fait un geste très léger avec la main. Mon nom lui échappe. Ma sœur supporte très mal. « Elle ne sait même plus qui on est », dit-elle. Ça lui fait de la peine. « Mais nous, on sait qui elle est », je lui réponds. Quand je regarde ma mère, c'est toujours ma mère.

Tout prévoir

Un jour, dans la voiture, alors qu'elle venait de se garer le long du trottoir en face de chez elle, ma mère m'a dit :

– Ton père et moi, nous avons tout prévu. Nous ne serons pas à charge. Vous n'aurez pas besoin de vous occuper de nous.

Elle pensait que je serais soulagée. Elle pensait que c'était une bonne nouvelle pour moi.

Songeaient-ils à se suicider ?

– Je ne te ferai pas subir ma déchéance. Tu n'auras rien à faire. On a tout prévu.

Je n'ai pas osé l'interroger, lui demander s'ils avaient réservé une suite conjugale dans une maison de retraite. J'ai seulement dit :

– Mais moi, je voudrai m'occuper de toi quand tu seras vieille. Ça ne me pèsera pas du tout. Je voudrais que tu sois toujours près de moi.

– Tu ne sais pas ce que tu dis, a-t-elle répondu. Tu ne te rends pas compte. Et puis, ce ne sont pas tes affaires. J'ai décidé.

Ma mère qui, d'ordinaire, n'exigeait rien était, ce jour-là, inflexible.

Souvent, en pensée, je retourne m'asseoir avec elle dans la voiture dont le moteur tourne encore. Elle a la main droite sur la clé de contact. Nous restons là, sans rien dire. Je me réjouis de sa présence.

Combien d'amis

– Ça vous ennuie si je fume ?

La banquière ouvre une meurtrière derrière son bureau et allume une Vogue extra-fine sans attendre ma réponse.

– Il n'y a pas de détecteur ? dis-je, inquiète à l'idée que notre rendez-vous risque d'être abrégé et mon interlocutrice renvoyée pour manquement au règlement intérieur de l'établissement qui l'emploie.

J'ai eu du mal à obtenir cet entretien. Quand j'ai appelé mon chargé de compte, il m'a expliqué que ce n'était pas de son ressort. Mon chargé de compte est plus jeune que mon fils aîné. Parfois il m'appelle, crispé, pour me signaler un découvert qui dure. Il use d'un ton moralisateur que j'ai du mal à supporter. Je n'ai jamais vu son visage. J'imagine son crâne surmonté de cheveux courts, à la fois clairsemés et rigides, enduits de gel. Quand je raccroche après ce genre d'échange, aussi piteuse que si on m'avait administré une fessée, je l'imagine chez lui, dans sa cuisine, en train de mettre un plat de lasagnes industrielles à réchauffer au micro-ondes. Ma rêverie s'arrête à la seconde où il referme la porte du four. Je ne me passe jamais le film jusqu'au moment où il se met à table. J'ignore pourquoi je convoque systématiquement cette scène. Ce que je sais, c'est qu'elle me console. Dès que les lasagnes commencent à tourner derrière la vitre, j'arrête de penser à mon découvert.

– Vous n'avez pas… peur ? je demande à la banquière.

– Le détecteur ne fonctionne pas, soupire-t-elle en soufflant un long trait de fumée dans la direction du boîtier fixé au plafond. Peur de quoi ? reprend-elle. Du cancer ? J'en ai déjà eu deux.

– Peur qu'on vous voie, qu'on vous sanctionne.

– Tout le monde a son petit secret, ici. Mon petit secret à moi n'est pas le pire, je vous le promets. Salut, Gilou, dit-elle à un collègue qui passe à cet instant dans le couloir.

Gilou lui adresse un signe de la main et je me demande ce qu'il cache : un python dans le tiroir de son bureau, une collection de chewing-gums déjà mâchés ? Peut-être suce-t-il son pouce en éditant les offres de prêt ?

– J'ai une passion pour les artistes, déclare la banquière. Je rêve qu'un artiste débarque dans mon bureau et me dise : Johana, j'ai besoin de vous pour mon projet. Ce serait un gros projet avec des lasers, précise-t-elle après avoir écrasé sa cigarette dans un cendrier dont le couvercle ressemble à un sein.

J'hésite à lui apprendre que je suis écrivain, mais je me dis qu'elle le sait sans doute, j'ai dû le mentionner dans le mail que je lui ai envoyé. Peut-être ne considère-t-elle pas les écrivains comme des artistes.

– Du coup, enchaîne-t-elle, sans que je saisisse le lien de causalité entre les lasers et ce qui suit : Vous voulez investir dans un Ehpad ?

– Ce n'est pas vraiment un investissement…

– Mais si. Faites-moi confiance, dit-elle en tapotant sur son ordinateur. Votre dossier passera mieux si c'est un investissement.

– Ce que je voudrais, c'est un prêt.

– Ce n'est pas ce que vous écriviez dans le mail.

Je ne me rappelle plus ce que j'ai écrit dans mon mail. Dès que je m'adresse à une instance officielle, je perds tout sens commun et mon français avec.

– J'ai besoin d'un prêt pour un projet de…

– D'hospice. Je comprends que le mot Ehpad vous dérange. Les Ehpad ont très mauvaise presse, depuis la crise du Covid en particulier. Mais il faut bien les caser quelque part, nos vieux.

– Ce que je voudrais, c'est créer autre chose. Un genre de maison communautaire…

– Je vous écoute, dit la banquière en allumant une nouvelle cigarette.

– En fait, quand on était jeunes, avec une bande d'amis, on se disait qu'on aimerait bien être ensemble quand on serait vieux et je pense que ce serait pas mal, vu qu'on va tous plus ou moins vers les 60 ans, de concevoir dès maintenant un lieu qui nous plairait, un lieu sur mesure, où on pourrait habiter tous ensemble, sans que nos enfants aient à s'en occuper.

– Ce que vous voulez, c'est un prêt pour vous payer une grande maison de vacances avec vos amis, finalement. Ça revient à ça, dit-elle en ouvrant le dossier dans lequel j'ai glissé les plans dessinés par F. et le budget prévisionnel établi par S. Ils vont participer à quelle hauteur, à votre avis, vos amis ? Parce que l'idéal, ce serait de faire une SCI. Vous connaissez ce système ? C'est bien, ça me plaît, votre idée. J'adore tout ce qui est original. Tout ce qui est créatif. Si vous voulez, on peut faire une simulation. Vous avez combien d'amis ? Faut pas traîner non plus parce que, avec l'âge, vous n'allez plus pouvoir être éligible. L'assurance ne vous couvrira pas. Mais avec une SCI, ça peut marcher. Vous avez combien d'amis ? Ils s'entendent bien ?

Plus la banquière répète ces questions, plus mes amis s'éparpillent. Parmi eux, il y en a certains que je n'ai pas vus depuis quatre ans. Est-ce qu'ils me considèrent encore comme leur amie ? Je n'ose pas dire à la banquière que je n'en ai encore parlé à personne, pas même à mon mari, dont je ne suis pas sûre qu'il partage mes rêves de phalanstère.

En entrant dans ce bureau, je croyais que les taux d'intérêt seraient mes ennemis, que les doutes sur ma solvabilité entraveraient mes démarches. Je n'aurais jamais cru que le cœur du problème serait celui-ci : combien avez-vous d'amis ? Est-ce qu'ils s'entendent ? Seraient-ils prêts à former une SCI avec vous ? Qu'en pense votre mari ?

– Je crois que je pourrais aussi obtenir des subventions, dis-je pour détourner ma propre attention.

– L'argent public..., soupire la banquière. Telle que je vous vois, vous serez dégoûtée avant d'avoir rempli la première page du premier dossier. Ils auront votre peau. Vous avez un côté artiste. Je me trompe ? J'adore les artistes. Ne comptez pas sur l'argent public. Faites ça entre vous, entre amis. Dites à vos amis que c'est un investissement. Dites-leur que c'est pour leurs enfants. Vos amis sont riches ?

– Ça dépend.

– Vous avez pensé aux couples mixtes ?

– Comment ça ?

– Ce n'est pas le bon mot, mais, moi, par exemple, ma mère, elle vit avec un homme qui a vingt-sept ans de moins qu'elle. Si vous avez un ami qui a une femme nettement plus jeune, ou une copine qui, comme ma mère, a du succès avec les quadras, ça va compliquer les choses. C'est vraiment intéressant, votre projet. Mais c'est compliqué, hein ? C'est compliqué.

Dans mon dos

– Tu as fait une erreur.

J'entends une voix prononcer cette phrase mais j'ignore à qui elle appartient. Assise dans mon bureau, je tends l'oreille. Vient-elle de l'intérieur ? Il me semble que non.

– Ce n'est pas une erreur grave, poursuit la voix. Tout le monde la commet. En Occident, quand on parle d'avenir, on fait un geste vers l'avant, un genre de moulinet de la main censé évoquer la succession des jours et des années, alors que quand on évoque le passé, on indique un point derrière soi, comme si on désignait un espace situé entre nos omoplates. Sais-tu que, dans certaines civilisations, c'est le contraire ? Lorsque l'on parle de l'avenir, on désigne ce qu'il y a en arrière, et si on évoque le passé, à l'inverse, on a les mains, les doigts qui pointent vers l'avant. Pourquoi, selon toi ?

– Parce que l'avenir est inconnaissable. On ne voit rien de l'avenir, de la même manière que l'on ne distingue pas ce qu'il y a dans notre dos. Alors que le passé s'ouvre devant nous, disponible, prêt à se laisser examiner.

– Si tu le sais, pourquoi regardes-tu vers l'avenir ?

– Parce que le passé est impénétrable pour moi. L'avenir, je peux au moins l'inventer. Mon imagination me confère un don de seconde vue.

– Regarde vers le passé. Pourquoi crois-tu que Tsila est venue te visiter ? Pourquoi ta mère a-t-elle de nouveau élevé sa voix conservée dans l'archive, cette voix que tu n'avais plus entendue depuis plus de dix ans ?

Hier soir, dans le froid humide de novembre, je marchais avec mon père sur le boulevard. Nous cheminions lentement parce que ses jambes le portent mal. Sa grande tête – mon père a toujours eu une face et un crâne immenses, mais avec l'âge, c'est encore plus flagrant – penche vers l'avant. Elle ne se dresse pas au-dessus de ses épaules, c'est plutôt comme si elle pendait, propulsée par les effets conjoints du dos rond, des cervicales endommagées et de son propre poids. Cela accentue encore son côté attentif, à l'écoute, mais cela déséquilibre aussi sa silhouette. À chaque descente de trottoir, je me retenais de lui prendre le bras afin de lui éviter de tomber. Je me forçais à lui faire confiance, comme il m'avait fait confiance, cinquante-cinq ans plus tôt, alors que je faisais mes premiers pas.

Nous sortions du restaurant chinois où nous avions dîné et je le raccompagnais chez lui, dans l'appartement de mon enfance où il s'endormirait seul.

– J'ai froid la nuit, m'avait-il confié à table. Je mets un pull pour dormir. Je pousse le chauffage au maximum. J'ai une couette, mais chaque nuit, je suis réveillé par le froid. Il va falloir que je mette un deuxième pull.

Je lui avais conseillé d'ajouter une couverture sur la couette, la couverture la plus lourde qu'il trouverait.

Comment, à son âge, ne connaît-il pas le secret du poids qui réchauffe ? me suis-je demandé. Le calfeutrage qui diminue les mouvements de l'air et permet au corps de conserver la chaleur qu'il libère spontanément. Mon père a grandi dans un pays du Sud. Il n'a pas appris à se protéger des frimas.

Et voici que le passé m'apparaît, comme si, face à moi, se dépliait une carte du monde. D'un doigt hésitant, je caresse l'Afrique du Nord, la Libye où est né mon père, l'Algérie où il a grandi. Ma main remonte. Je traverse la Méditerranée, j'oblique vers l'est, je me retrouve à Besançon, dans le Doubs, où mon père est arrivé à 19 ans pour faire ses études. Je quitte la France, plus loin vers l'est, et c'est la Moldavie, berceau de ma famille maternelle. Je glisse vers Paris, puis vers l'ouest, la Sarthe, la Normandie. Je laisse les images se former.

Orléansville, Algérie, 1943 : une pièce unique, éclairée par des soupiraux. C'est l'endroit où mon père a vécu enfant avec sa mère et ses six frères et sœurs. Il me l'a décrit si souvent que j'en connais même l'odeur d'égout, liée au fait qu'il était à demi enterré. Je cuisine aujourd'hui certains des plats qu'y préparait ma grand-mère sur son kanoun (un genre de brasero), je me souviens que le goûter des enfants était composé d'un morceau de pain dans lequel on glissait un piment fort.

Quelque part dans la Sarthe, France, 1943 : une autre pièce unique, à des milliers de kilomètres de la première, où ma mère vit cachée avec ma grand-mère et mon oncle. De cette pièce, je ne sais rien. Si ce n'est qu'elle était dans la Sarthe. Avait-elle des fenêtres, donnait-elle sur la cour de la ferme ? Combien de lits contenait-elle ? Quelle odeur y régnait ? Je sais que ma grand-mère aidait en échange du logis et du couvert. Mais j'ignore tout des corvées qu'elle accomplissait. Trayait-elle les vaches ?

Nourrissait-elle les poules ? Ce passé est dans mon dos, je ne peux ni le scruter, ni l'examiner. Ma mère a dit : « C'est là qu'on était. Une petite pièce, mal chauffée. » Ne me sont parvenus ni couleurs ni parfums. Que mangeaient-ils ? Étaient-ils accueillis à la table des paysans ? Je revois seulement le visage illuminé de ma mère lors de l'entretien au moment où, évoquant son retour à Paris, elle déclare : « La campagne me manquait, les fleurs, les arbres. »

Je possède un trésor de récits concernant la famille de mon père, hérités de ma grand-mère, de mes oncles, de mes tantes et, bien sûr, de mon père, qui est un conteur incomparable ; des récits qui pourraient donner naissance à de magnifiques livres, pleins d'histoires drôles et déchirantes, mais au lieu d'y puiser, je m'en vais rôder aux alentours du néant, du côté de ma mère, je me dirige vers ce monde à la fois disparu et sans paroles, dont les seuls représentants qui demeurent sont infiniment discrets. Je ne puis m'empêcher, comme me le reprochait la vieille dame écossaise, de parler de ce que je ne connais pas. Le peu d'informations dont je dispose, je les oublie et ne cherche pas à les retrouver. Je ne fais pas le voyage à Auschwitz, j'ignore où se situe exactement Drancy.

Autour de la trentaine, j'habitais non loin de la rue Saint-Maur, dans le XIe arrondissement de Paris où ma mère avait passé son enfance et son adolescence, au numéro 35, je crois. Je la parcourais souvent et je ne manquais pas, lorsque je me trouvais au pied de son immeuble, de lever les yeux vers les fenêtres du cinquième étage (je ne suis plus sûre de l'étage aujourd'hui). Il m'arrivait aussi, quand je me rendais chez mon éditeur, dans le VIe, rue de Sèvres, d'emprunter la rue du Vieux Colombier (ou plutôt la ri di viéï colombiè) où avaient emménagé Tsila et son mari, après qu'ils avaient quitté la rue Saint-Maur, et avant qu'ils aient fait l'acquisition de l'appartement de la rue du Château des Rentiers. Une partie de moi s'engageait alors dans le hall en poussant la porte cochère. Je grimpais l'escalier et je revoyais le deux-pièces aux murs tendus de tapis colorés. C'est ainsi que je m'approche d'elle, de ma mère et de son histoire silencieuse. En me promenant. En me déplaçant mentalement et physiquement. La carte du monde est remplacée par celle de Paris, puis elle s'élargit de nouveau, jusqu'à devenir carte de France. Je m'aventure à l'ouest. Je n'ai pas besoin de pousser jusqu'à la Sarthe, mon nom de famille m'évite le trajet, je me contente d'une Normandie plus proche de la capitale. Je suis mauvaise en géographie, ma mémoire est défaillante, mais j'ai un plan dans ma poche.

Avoir le temps

Un jour, au début des années 1990, je me suis rendue chez ma grand-tante Éva. Je voulais qu'elle m'aide à confectionner une robe. J'avais acheté un tissu à motif noir et blanc, au tombé lourd, qui correspondait bien au modèle que j'avais choisi : corsage portefeuille et ample jupe dans le biais, manches aux coudes. Cela promettait d'être rétro et joli, joliment rétro.

J'avais une machine à coudre à la maison et je fabriquais toutes sortes de vêtements, sans patron, sans bâti, au flair. J'essayais la pièce au fur à mesure qu'elle prenait forme. Si je ne parvenais pas à entrer dedans, je rajoutais un soufflet, une bande de tissu ; si, au contraire, c'était trop lâche, je le reprenais dans le dos, je faisais des pinces. C'était le comble du sur-mesure et c'était toujours bâclé, de traviole, avec des fils qui dépassaient, des surjets qui s'arrêtaient mystérieusement au milieu du col, relayés par des ourlets.

Je porte encore une robe et un pantalon qui datent de ce temps. Je ne saurais plus comment m'y prendre aujourd'hui, pas plus pour la conception que pour l'exécution. Je n'oserais plus être aussi brouillonne. Mais il se peut que mon inhibition vienne d'ailleurs. Peut-être est-elle née de la conversation que j'ai eue ce jour-là avec ma grand-tante, alors que je venais lui demander des conseils pour une tenue plus ambitieuse que celles que j'avais réussi à façonner jusque-là.

Nous nous étions installées à la table de sa salle à manger, qui était aussi sa chambre et son salon. Son appartement était constitué d'une unique pièce, d'une cuisine minuscule et d'une immense salle de bains où trônait une baignoire gigantesque qu'elle couvrait d'une planche taillée à dessein pour en faire une table de coupe.

À l'instar des meilleurs artisans, Éva était minutieuse et méthodique, traçant à la craie les lignes qui guideraient les lourds ciseaux, bâtissant avec soin les différents éléments avant de piquer. Je m'impatientais et elle le sentit. Elle me dit alors, sans doute dans l'idée de m'encourager : « Tu verras, quand tu auras mon âge et que tu n'auras plus ni mari ni enfants, tu auras tout le temps pour coudre. »

Après la première séance, je ne suis pas retournée chez elle. J'ai roulé la robe à moitié finie dans un sac et je l'ai égarée dans ma propre maison. Chaque fois que je retombais dessus, lors d'un rangement ou d'un déménagement, je la regardais, faisais glisser l'étoffe entre mes doigts, et la phrase, comme une malédiction, me revenait en mémoire : « … quand tu n'auras plus ni mari ni enfants… » Je ne pouvais pas jeter tout ce beau tissu noir et blanc au tombé impeccable. Je me sentais obligée de garder ce somptueux chiffon, comme s'il m'avait permis de déjouer le sortilège et d'échapper au destin qu'avait aimablement tracé pour moi mon aïeule. Contrairement à ce que l'on pourrait croire, elle avait prononcé cette sentence sans amertume ni nostalgie. L'état qu'elle décrivait semblait être un idéal auquel elle était parvenue et qu'elle souhaitait que je connusse. C'était le meilleur moment de sa vie, celui où elle était libre de coudre du matin au soir, et même la nuit si l'envie lui en prenait.

Je ne voulais et ne veux toujours pas de cette liberté. J'ai toujours volé mon temps, celui de la lecture, celui de l'écriture, de la musique.

Aimerai-je un jour avoir le temps ? Tout mon temps ? Rien que du temps ?

A. me raconte qu'un après-midi, alors qu'elle rendait visite à sa grand-mère âgée de 96 ans, elle l'a trouvée assise sur une chaise du salon, dans la demi-pénombre, les mains sur les genoux, les yeux ouverts. « Elle ne faisait rien », me dit A., 23 ans, piercing dans la cloison nasale, cheveux teints au henné, vigueur et joie de vivre émanant de chacun de ses gestes. « Elle était assise là, toute seule, dans le noir, et je voyais que ça faisait un moment qu'elle était dans cette position. Peut-être qu'elle s'assied là tous les matins et qu'elle y reste jusqu'au soir, tous les jours. Je crois qu'elle ne veut plus vivre. Ça me rend triste. »

Cette grand-mère, je l'ai connue très active, patronne d'un café-restaurant, cuisinière exigeante et précise, préparant elle-même les confitures et les conserves pour sa nombreuse famille. Rêvait-elle parfois, à la fin d'une journée, de pouvoir enfin se reposer ? Oui, sans doute, et si ce n'est elle, c'était donc sa voisine, sa cousine, son homologue, moi ou n'importe quelle autre femme qui, au moment de se mettre au lit, établit déjà la liste de tout ce qui devra être accompli le lendemain, la semaine suivante, et se récite la litanie de ce qui a été oublié, de ce à quoi il faudra remédier.

Voilà quelques années, on a donné un nom à ces contenus disparates et pléthoriques qui encombrent nos cerveaux : la charge mentale. Je me rappelle avoir éprouvé un soulagement en lisant ces mots (ou en les entendant) pour la première fois. C'était donc ça, la tension dans les trapèzes alors que l'on n'a pas soulevé le moindre haltère, la crampe au bas du dos, la nuque raide et cette ride nouvelle en haut du nez, là où les sourcils viennent se froncer malgré eux.

Comme si on avait eu une gueule de bois permanente, front lourd et membres engourdis, sans avoir bu une goutte d'alcool, une gueule de bois par anticipation. Comment trouver la force de rejeter les draps et de bondir hors du lit, prisonnière que l'on est d'un film qui paraît projeté à l'envers : au matin, on est plus fatigué que le soir en se couchant ?

Alors oui, peut-être rêve-t-on à ce moment où la charge mentale ne pèsera plus, ce temps de la vie où l'on pourra enfin se reposer et avoir toutes ses journées pour coudre, peindre, fabriquer des herbiers, lire, écouter de la musique. On s'imagine allongée sur une méridienne, un plaid à portée de main et une théière sur la table basse à côté, hésitant entre tous les loisirs, tous les plaisirs qui s'offrent à nous.

Mais au lieu de cela, on s'assied sur une chaise le matin, on pose les mains sur les genoux et on reste sans rien faire jusqu'à la nuit tombée.

Les conspirateurs

Ils ont tous accepté mon invitation. J'en suis étonnée car je n'ai proposé qu'une seule date.

L., qui est devenue mon associée secrète, non pas parce qu'elle s'inquiète pour son grand âge, mais parce qu'elle est curieuse des projets les plus fous, m'a aidée à préparer la tarte, la salade et le gâteau. Nous avons cuisiné comme nous avons l'habitude de le faire, en circulant sans se bousculer, en échangeant les économes, en nous répartissant spontanément les tâches. Mon cœur battait un peu plus vite qu'à l'accoutumée, comme si je goûtais déjà la douceur du partage et cette façon particulière qu'a l'amitié de diluer les corvées dans le plaisir, d'en faire un jeu.

F. est arrivé avec une bouteille de vin, S. l'a suivi de peu, les bras chargés d'un bouquet de pivoines et d'une chemise à rabats dans laquelle elle avait rangé les devoirs de français de sa scientifique de fille. Un instant, j'ai regretté de ne pas avoir invité la banquière tabacophile.

Une fois les présentations faites, nous nous sommes mis à table et la discussion a commencé. F. a sorti son ordinateur pour nous montrer les plans qu'il avait perfectionnés. Certaines esquisses comportaient des détails touchants : épaisseur de la moquette, rampes le long des coursives, poignées de porte et de fenêtre faciles à actionner, aménagement des chambres dont toutes comportaient un vestibule et une alcôve, ce qui donnait un air d'appartement aux espaces même les plus exigus. Il s'était aussi amusé à dessiner des meubles. La hauteur de l'assise des fauteuils avait été calculée avec soin pour permettre de s'y asseoir et surtout de s'en relever avec le moins d'effort possible. Il avait également conçu un modèle de déambulateur avec siège incorporé et sacoches, permettant de se promener en toute sécurité d'un endroit à l'autre, tout en ayant la possibilité de faire des pauses et de transporter du matériel.

– Comment on fera à manger ? a demandé L., la plus gourmande d'entre nous.

– Il y a plusieurs options, a répondu F. J'ai pensé à des cuisines partagées, un peu comme dans les colocs. Mais aussi à un endroit plus vaste dans lequel on logerait deux ou trois pianos de cuisson, différents fours et des plans de travail surdimensionnés pour accueillir des ateliers qu'on proposerait aux scolaires ou aux jeunes parents, ou tout simplement aux gens qui ne savent même pas faire cuire des pâtes.

– Tout le monde sait faire cuire des pâtes, a rétorqué L.

– Pas moi, a avoué F.

Il y avait aussi une salle de projection où l'on organiserait un ciné-club, une bibliothèque, plusieurs salons équipés de vastes cheminées pour profiter de la lumière et de la chaleur du feu de bois, un dojo où l'on pourrait pratiquer le yoga, le Pilates, la danse.

– J'ai craqué, a annoncé S. Je sais que c'est censé rester secret pour le moment, mais j'en ai parlé à ma fille, et elle m'a dit qu'elle aimerait proposer des cours d'informatique contre des leçons de tricot.

– Vous savez tricoter ? ai-je demandé à mes camarades.

Personne ne savait. Cela nous a fait rire. F. a ajouté qu'il était suffisamment calé en informatique pour ne pas avoir besoin des lumières d'un messie connecté de moins de 18 ans.

– Mais c'est une bonne idée quand même, a remarqué L. qui s'est arrangée tout au long de sa vie pour faire exactement ce qui lui plaisait sans bénéficier de ce que la plupart d'entre nous considèrent comme le budget nécessaire à concrétiser la moindre initiative. Il faut qu'on pense troc.

– Qu'est-ce qu'on aurait à proposer ?

– De l'espace.

– Du temps.

– Qu'est-ce qu'on recevrait ?

– De l'énergie.

– Du désir.

– Des idées.

– Qui viendrait ?

– Des étudiants.

– Des artistes.

– Tu pourrais proposer des ateliers d'écriture.

– J'ai horreur de ça.

– Tu te forcerais.

– Est-ce qu'il faudrait qu'on exige de nos pensionnaires qu'ils aient un talent particulier, un savoir-faire, quelque chose à échanger ?

– Ça ou de l'argent.

– S'il y a des riches, ils seraient partants pour fournir des conseils en optimisation fiscale.

– Là, on parle de ce qu'on troquerait avec les gens de l'extérieur, ceux qui nous aideraient pour les courses, le ménage…

– Que celui qui n'a jamais rêvé qu'on l'aide à remplir sa feuille d'impôts lève le doigt.

– On pourrait proposer à des écoles de coiffure de venir s'exercer sur nous pour les coupes et les brushings.

– Sauf qu'on n'aura plus de cheveux !

– Ah oui, c'est vrai.

– On pourrait recruter certains de nos candidats pour leur qualité capillaire. C'est une histoire de patrimoine génétique. Certains vieux sont très chevelus.

– Moi, j'aimerais bien faire modèle nu pour des élèves d'écoles d'art.

– Avec ton vieux corps tout raplapla ?

– C'est intéressant à dessiner, les plis, les cavités, les déformations osseuses.

– Je pourrais lire à voix haute pour les enfants. J'ai de très bons yeux. Le reste n'est pas terrible, mais à 55 ans, je ne porte toujours pas de lunettes.

Nous parlons tous en même temps. Il y a tellement de bruit que ma fille descend voir ce qui se passe dans la cuisine. Elle s'assied sur mes genoux et pose sa tête contre ma poitrine. Au bout d'une demi-heure, alors qu'elle s'est tenue là sans broncher, je lui demande :

– Ça t'intéresse ce qu'on dit ?

– Non. Je n'écoute pas.

– Tu t'ennuies ?

– Oui, répond-elle d'un ton rêveur qui ne trahit aucun inconfort.

– Tu peux retourner dans ta chambre si tu veux.

– Il y a plus d'ambiance ici.

Oui, me dis-je, c'est ça, c'est exactement ça qu'il nous faut : de l'ambiance.

Nous finissons la soirée un peu ivres. Ma fille s'est endormie sur mes genoux. Elle est trop lourde pour que je la porte jusqu'à son lit. Je suis donc bloquée là, dans ma cuisine, clouée à ma chaise par le corps chaud d'une enfant.

Je suis jeune et je suis vieille, car j'ai une fille encore petite et de grands fils en âge d'être pères. Avoir eu deux enfants, très jeune, et en avoir eu deux autres, à vingt ans d'écart, est une farce dont je suis à la fois l'instigatrice et la victime. Je me perds dans les générations. J'ai l'impression d'avoir transgressé quelque chose, tenté une expérience redoutable et, parfois, je m'imagine punie, pièce de puzzle peinant à s'emboîter, trop jeune pour ci, trop vieille pour ça.

Un jour, mon ami D. a rêvassé tout haut au succès qu'il aurait eu à 15 ans en colo avec le niveau de guitare qu'il avait acquis à la quarantaine. Je repense souvent au soupir qu'il a poussé en se représentant la scène : toutes les adolescentes estivales en pâmoison devant lui, amoureuses de ses mains passant sans effort d'un accord à l'autre. La vie est comme ça. Ou plutôt, on est comme ça dans la vie, toujours inadapté, jamais en possession de tous nos moyens au bon moment. Il existe, je suppose, des cas d'adéquation parfaite, mais la plupart du temps, c'est l'esprit d'escalier qui domine. « Si j'avais su » pourrait être une épitaphe gravée en série par les marbriers.

À l'école, on nous apprend à faire un brouillon. Cette méthode qui consiste à essayer, à s'entraîner avant de « faire pour de bon », structure notre existence. Et pourtant, nous ne vivrons qu'une fois. Le brouillon sera la seule tentative et coïncidera avec la version définitive. Quand on est vivant, c'est pour la première et la dernière fois. Je ne cesse de m'en étonner, de trouver cela effrayant et merveilleux.

F., L., S. et moi prenons comme nous le pouvons la grande fillette dans nos bras et la transportons jusqu'à sa chambre. Elle fait admirablement semblant de dormir et nous lui en sommes reconnaissants.

Alors que je les raccompagne à la porte, nous croisons mon mari et mon fils adolescent qui rentrent du cinéma.

– Alors, les conspirateurs ? nous disent-ils. Ça avance ?

Le romarin, la nuit

Enfant, j'ai souffert de terreurs nocturnes. Quand mes parents sortaient le soir, je pleurais jusqu'à m'endormir. Je redoutais ces nuits passées à les imaginer morts, victimes d'un accident de la route, d'un incendie. Après que j'avais fait le tour des catastrophes susceptibles de les annihiler, je m'occupais de mon propre cas : un individu allait s'introduire dans notre maison pour m'enlever, des cambrioleurs allaient entrer chez nous et me tuer. Les baby-sitters n'étaient d'aucun secours, mes frère et sœur aussi démunis qu'elles. Je me rappelle encore l'intensité de mes sanglots ininterrompus, les draps trempés de larmes, le nez qui coulait. Je mettais une énergie considérable à imaginer les scènes en détail. Je faisais surgir des personnages inventés, d'autres trouvés dans des livres, en particulier l'homme hilare dont j'avais fait la connaissance dans une nouvelle de J. D. Salinger. C'était une espèce de passion. Une horrible passion qui a gâché mon existence d'enfant et d'adolescente.

Je ne comprenais pas ce qui clochait chez moi. J'allais de thérapeute en thérapeute. Je racontais n'importe quoi. Je m'efforçais d'être intéressante. Je craignais tant qu'ils ne s'ennuient, ces messieurs, ces dames qui avaient déjà l'air si abattus, ponctuant leurs interminables journées de travail de *hmmm, hmmm* marmonnés dans leur barbe, que je tentais de les distraire. Comme ma culture psychanalytique était vaste (surtout pour mon âge), j'inventais des rêves chargés de symboles. Ne constatant aucune amélioration de mon état, je m'arrangeais pour que, de leur côté, ils retirent quelque chose de nos entrevues. Peut-être pourraient-ils s'en inspirer pour un article ou un livre ? J'avais tellement honte de mon opacité.

Quand j'ai eu mon premier bébé, j'étais incapable de rester seule avec lui, à la nuit tombée. Si mon mari était absent, j'invitais ma sœur à dormir à la maison. Mes frayeurs avaient légèrement changé d'objet. Je ne me préoccupais plus de mes parents. J'étais l'unique cible des détraqués, des égorgeurs, des monstres. Je peinais à me déplacer d'une pièce à l'autre de mon appartement si les lumières n'étaient pas toutes allumées. J'évitais de voir des films d'horreur, même ceux que des enfants de 10 ou 12 ans s'amusent à regarder en cachette de leurs parents.

Je ne sais pas vraiment quand cela s'est arrêté. Très récemment je crois. Car je me souviens, alors que j'étais en week-end à la campagne, peu après le décès de ma mère, d'avoir tremblé en allant mettre la poubelle devant le portail. Il n'y avait qu'une vingtaine de mètres à franchir dans une obscurité relative car la lune éclairait le jardin. Je m'imaginais son fantôme jaillissant de l'ombre. Le spectre ne me voulait aucun mal, j'en étais certaine, mais ce serait une apparition, une anomalie en visite depuis l'au-delà. À chaque pas, je me préparais à sentir le contact pourtant immatériel de sa main sur mon épaule. J'étais hantée.

Peut-être la maladie a-t-elle pris fin quand j'ai quitté Paris pour de bon.

Je me suis installée dans une grande maison au milieu des champs et l'obscurité a cessé d'être menaçante.

Hier soir, je suis sortie dans la nuit sans lune pour cueillir du romarin sous la pluie, éclairée par la faible lueur d'une lampe frontale. Le potager est un peu à l'écart de la bâtisse, par-delà une rangée de pommiers en espalier dont les rameaux crispés par le gel récent auraient avantageusement figuré dans la scène d'épouvante du début de *Blanche-Neige*, quand les arbres se transforment en monstres pourvus de serres griffues. J'ai marché sans hâte, j'ai contourné le carré de framboisiers flétris et je me suis penchée sur le muret de briques pour couper les brins aromatiques en convoquant toutes les visions possibles : goules, assassins, rôdeurs… Rien. Cela ne me faisait plus aucun effet.

Mentalement, je disais : Tu es là, maman ?

Aucune réponse ne me parvenait. Aucun frisson ne secouait mon échine.

Tiens, je suis guérie, ai-je songé.

Plus de cinquante années à vivre avec ce handicap secret et, soudain, plus une trace, comme si cela n'avait jamais existé. Je n'en éprouve pas même de soulagement.

Pas plus que par le passé je n'y comprends quoi que ce soit.

J'avais peur de tout. Je n'ai plus peur de rien.

Au paradis

Certaines insomnies demeurent en nous. Elles transfigurent la nuit.

Un hiver, nous avions loué un petit appartement au bas d'une station de ski peu fréquentée. Pour y accéder, il fallait passer par une grange qui sentait bon le foin et dont le plafond était soutenu par une énorme poutre brune, presque aussi grosse qu'un tronc d'arbre. Les murs étaient faits de planches de bois brut et chaque fois que nous traversions cet étrange vestibule, nous avions l'impression de faire un bond en arrière dans le temps. Moins cent ans. Moins cent cinquante ans. Moins deux cents.

Une fois dans le studio de location, l'impression était différente. Le sol était revêtu de lino, l'unique cloison était en plastique articulé, comme un genre d'accordéon géant, les murs tapissés de papier peint imitation lambris. C'était la modernité triomphante, le moindre coût, le nettoyage rapide à la serpillière. Aussi spartiate et laide que fût cette minuscule maison de vacances, nous l'aimions. Elle n'était pas chère et comme elle était située très loin des pistes, elle nous obligeait à grimper chaque matin plus d'un kilomètre en chaussures de ski avec, sur les épaules, notre matériel et celui de nos enfants, trop petits ou trop choyés pour le porter eux-mêmes. Nous étions jeunes et en pleine forme. Nous fabriquions, grâce au grand air de la montagne, des centaines de globules rouges à la seconde. Et nous pensions, bien évidemment, que cela durerait toujours. Nous regardions passer la navette en nous demandant qui pouvait bien l'emprunter. Pourquoi s'enfermer dans une camionnette alors que la promenade était si belle ?

Le soir venu, alanguis par une fatigue sereine, nous nous endormions en un clignement de paupières dans le grand lit parental, séparé, par l'accordéon en plastique, des matelas jumeaux réservés aux enfants. Pourtant, une nuit, je n'ai pas fermé l'œil. La tête sur l'oreiller, j'ai contemplé les étoiles, en proie à une transe. Je ne trouve pas d'autre mot. Je venais de terminer la lecture d'un livre que mon éditeur me proposait de traduire.

Ce roman est un peu comme le Château des Rentiers ; il constitue pour moi un réservoir inépuisable de réconfort et d'interrogations. À la façon du phalanstère spontané créé par mes grands-parents, il recèle plusieurs trésors, dont un qui a à voir avec ce qui se passe après la mort.

Je ne connais personne qui soit allé regarder de l'autre côté du trépas (personne qui en soit revenu, du moins). Je ne me passionne pas pour les sciences occultes. Jamais je n'ai été ne serait-ce que charmée par une représentation ou une interprétation de l'au-delà. Mais en lisant *The Puttermesser Papers* (*Les Papiers de Puttermesser*, en français), j'ai été heureuse de constater que Ruth Puttermesser, le personnage principal du roman de Cynthia Ozick, avait fait le voyage pour moi.

Comme je l'ai dit, je n'aime pas voyager « en vrai », mais on m'embarque très facilement en pensée. Je cultive ma propre crédulité, comme certains prennent soin de leur automobile ; il s'agit de mon meilleur moyen de locomotion, le seul que je considère comme réellement fiable.

Allongée dans mon lit de vacancière, les yeux braqués sur les étoiles qui brillaient fort dans le noir du ciel, je me suis envoyée au paradis. Je n'ai eu besoin pour cela que d'un roman tout juste refermé et posé sur ma poitrine et d'une paire de rideaux fixés à une tringle en faux bois, grands ouverts sur le somptueux spectacle de la nuit en altitude.

Puttermesser était mon guide. Elle a commencé par partager avec moi – d'après des notes consignées dans mon ordinateur – l'idée qu'elle s'était faite de cet endroit avant d'y être allée pour de bon.

Je me tiendrai assise dans le jardin d'Éden, sous un arbre de taille moyenne, dans le flamboiement continu d'un été indéfiniment installé au cœur de juillet, du vert, du vert, du vert partout, du vert au-dessus, du vert au-dessous, moi-même luisante et resplendissante de sueur, toute aspiration anéantie, toute idée de fécondité bannie.

En recopiant ces mots dix-sept ans après les avoir traduits, je constate qu'à un mois près (juillet au lieu d'août), il pourrait s'agir de la description des vacances que nous passions chaque année à la campagne avec ma mère. Du vert partout, un temps arrêté, suspendu.

Et cela continue :

Jour céleste après jour céleste, perfection du désir sur perfection de la contemplation. Jusque dans l'exaltation d'un toujours ininterrompu. Dans l'Éden toutes les insatiabilités sont nourries : je me familiariserai avec la liaison des gènes, les quarks, le langage des signes destiné aux primates, les théories de l'origine des races, les religions de civilisations antiques, je saurai ce que le monument de Stonehenge signifiait pour ses bâtisseurs. J'étudierai le droit romain, les variétés les plus obscures de hautes mathématiques, la composition nucléaire des étoiles, ce qui est vraiment arrivé aux monophysites, l'histoire chinoise, le russe, l'islandais.

Cette fois, c'est moi que je reconnais dans ma frustration d'avoir appris si peu de choses au cours de ma vie, certes inachevée mais déjà trop remplie pour que j'aie le temps d'y engranger tous les savoirs qui me manquent.

Cette vision du paradis est donc la bonne. Mais quelques lignes plus loin, l'auteure note :

Ah, balivernes, balivernes ! Le paradis, lorsque Puttermesser y fut transportée, ne ressemblait en rien à ces imaginations galopantes.

En lisant ces mots autrefois, dans le cube plastifié qui nous servait de demeure, pendant que ma famille était profondément endormie, j'avais été parcourue par un frémissement d'excitation. Cynthia Ozick était sur le point de me dévoiler la véritable nature de l'Éden. Il peut sembler étrange au lecteur qui ne connaît pas cet écrivain de m'imaginer – même si j'ai loué ma crédulité – prête à lire la suite du roman comme d'aucuns se plongeraient dans un *Guide du routard* ou un *Lonely Planet* avant de partir en vacances au Portugal, en Finlande ou en Bolivie, notant mentalement les repères et les bons conseils pour mieux profiter du séjour une fois sur place.

Il faut préciser que Cynthia Ozick est une magicienne. Lorsqu'elle utilise le réel (documentation, observation, transcription de la contemporanéité), on plonge dans le conte, alors que quand elle travaille un matériau fictif, lorsqu'une scène ou un personnage sort tout droit de sa fantaisie, on ne doute de rien et on donnerait sa main à couper que l'on a soi-même vécu cette scène, rencontré ce personnage.

Je ne connais aucun autre écrivain qui pratique cette alchimie.

J'étais donc sur le point de savoir ce qui se passait là-haut, me disais-je en contemplant les étoiles à travers la fenêtre, puisque l'héroïne admise au paradis accomplit bel et bien une ascension, même si, juste après, cela se corse car, comme Ozick l'explique, *le paradis n'a ni portail, ni porte, ni vestibule. On y arrive, tout simplement. [...] Là-bas. Ou ici : bien que cela donne aussi une idée fausse. Au paradis, il n'y a ni avant, ni après, ni tout là-bas, ni juste ici, ni haut ni bas, ni tout à l'heure ni tout de suite, ni heureux ni triste. Cette dernière précision peut choquer. Pas de tristesse au paradis, c'est normal ; mais pas de bonheur ? Le bonheur n'est-il pas l'objectif même du paradis ?*

Sans répondre à cette question, la narratrice poursuit son analyse. Selon elle, le paradis n'est pas un lieu physique ni psychique, c'est un état d'esprit, un moment de compréhension supérieure. Plus rien, une fois cet état atteint, ne se met en travers de la pensée, qui devient alors performative, si puissante qu'elle fait exister les choses.

On va bien au-delà du cogito cartésien. Au « Je pense donc je suis » viennent s'ajouter « Je te pense donc tu es », « Je pense un arbre, donc il pousse », « Je pense une vague, donc elle se forme ». L'imagination devient une fabrique de réel et nos désirs se changent en ordres. Les privations obtiennent réparation. Ainsi l'homme qui nous a rejetée sur terre nous épouse-t-il au paradis ; au concours auquel on a échoué on obtient la première place ; celui qui avait une patte folle bat des records à la course de haies ; celle qui chantait comme une casserole se transforme en diva. Les vœux les plus anciens, les aspirations les plus silencieuses sont exaucés.

Cela m'évoque la félicité grammaticale que j'ai éprouvée en lisant ce que Jean-Pierre Minaudier, historien reconverti en linguiste et traducteur du basque et de l'estonien, écrit concernant un suffixe présent dans la langue guarani. Cette particule que l'on ajoute à la fin d'un nom permet d'en modifier la modalité, et d'indiquer ainsi différents états d'un même objet ou d'un même être. « En guarani, note-t-il, il y a non seulement un passé, mais un futur et un "frustratif" nominaux. *Cheménakue* veut dire "celui qui était mon époux", *cheménarã*, "mon futur époux", et *cheménarãngue*, "celui qui devait être mon époux mais ne l'est pas devenu". » Je me rappelle avoir été ébahie en entendant cette déclinaison. Le génie de Minaudier n'y était pas pour rien. Avoir l'idée, pour nommer un mode grammatical, de forger le néologisme « frustratif », a fait de lui une de mes idoles.

La paradis, selon Cynthia Ozick, ou plutôt selon son personnage, Ruth Puttermesser, est le moment-lieu où le frustratif est aboli.

C'est le moment-lieu de tous les accomplissements. *Mais*, écrit Ozick, *il y a un défaut en Éden. Le défaut n'est pas celui qu'on croit, celui que les histoires colportent : il n'y a pas de serpent. Inutile de craindre l'expulsion ; il n'y a pas d'ange au sabre enflammé. Tous ces racontars ne sont que sornettes pour les petits enfants. [...] Au paradis, toutes les aspirations se changent en faits. Tous les désirs deviennent réalité ; et, dans tous les cas, la réalisation dépasse les attentes.*

Au paradis on a à la fois 15 ans et un niveau de guitare acquis au bout de trente années de pratique. On possède simultanément la sagesse conférée par la vieillesse et la vigueur du jeune âge. On a sa peau ridée et son épiderme d'enfant ; l'agilité intellectuelle, fruit de l'expérience, et la candeur curieuse née de l'innocence.

Adolescente, il m'arrivait, en rêve, de ne pas réussir à courir suffisamment vite pour échapper à mes poursuivants. À présent que la course est devenue quasi impraticable pour moi, mes songes sont saturés de marathons, de longues enjambées que rien n'entrave, de bonds dignes d'un Petit Poucet ayant chaussé les bottes de sept lieues. Au réveil, mon corps continue quelques instants de jouir de l'élan nocturne. La sensation est bien réelle. Qu'importe qu'elle soit née d'une illusion.

Suis-je déjà au paradis ?

La Butte-aux-Cailles

Alors que je sortais tout juste de l'enfance, j'ai fréquenté l'écrivain Annie Leclerc. Annie était une amie de mes parents et j'aimais beaucoup aller chez elle, passage B. à la Butte-au-Cailles. Je lui rendais visite seule, les mercredis après-midi, car c'était devenu mon amie à moi aussi. Elle m'initiait à un monde que je ne connaissais pas : la France, les écrivains, les jolies choses, les sabots suédois, les petits noms tendres, le féminisme. Elle animait des ateliers d'écriture et m'en parlait. Elle aidait des personnes en difficulté, des prisonniers, des étrangers.

Un jour elle m'avait raconté qu'elle leur avait appris à rédiger une lettre. « C'est important, avait-elle précisé, pour être pris au sérieux par l'administration, être pris au sérieux tout court. » « Et alors ? lui avais-je demandé. Comment rédige-t-on une lettre ? » J'avais 13 ans, je n'étais pas très calée en correspondance. « Eh bien, m'avait-elle dit, on met son nom et son adresse en haut à gauche, et en face, en haut à droite, on écrit le nom et l'adresse du destinataire, ensuite, à la ligne, c'est Cher monsieur ou Chère madame, suivi d'une virgule, avec une majuscule à Cher ou à Chère mais ni à monsieur ni à madame, et ensuite, encore à la ligne, on commence le texte, sans majuscule puisque cela suit une virgule. On écrit ce qu'on a à écrire et à la fin on utilise une formule de politesse et on signe. Lorsque l'on plie la lettre, on fait en sorte que le nom de l'expéditeur apparaisse dès que le destinataire ouvrira l'enveloppe, c'est une marque de politesse. »

Je me rappelle avoir été un peu déçue. Je m'attendais, je crois, à ce qu'Annie me dévoile la partie que, justement, elle taisait : on écrit ce qu'on a à écrire. Mais comment s'y prend-on ? Je me fichais de la forme. Je m'intéressais au contenu. Pourtant, depuis ce jour, chaque fois que j'écris une lettre, je pense à Annie Leclerc. Au moment de plier la feuille en particulier.

Rentrée chez moi après que nous avions bu un thé dans son salon agréablement sombre, orné de plantes vertes accrochées au plafond, je lisais *Parole de femme*, un livre à la couverture jaune pâle. Elle y parlait des règles. Elle disait le bonheur de sentir le sang couler, cette suavité dont l'usage des tampons nous privait. Il y avait le mot « soldat » à un moment, mais utilisé affectueusement, avec une allusion à la gloire des menstruations.

Jamais personne ne m'avait parlé de ces choses. Je savais à peine ce que c'était avant de voir pour la première fois du sang sur une de mes culottes. Qu'est-ce que ça pouvait bien être ? Allais-je mourir ? J'avais entendu le mot « règles » mais je me les étais figurées comme celles que l'on avait à l'école, des bâtonnets de section carrée, en métal glacé, que notre maître utilisait pour frapper le bout des doigts des élèves les plus récalcitrants. Un jour, me disais-je, des objets de ce genre sortiront de mon corps. Bon. On verra bien quand ça se présentera. C'était un autre temps. Peut-être une question de milieu, d'origine.

Je pense à Annie, morte en 2006 et que je n'ai revue qu'une brève fois dans un salon du livre à la fin des années 1990, alors que j'étais moi-même devenue écrivain. Elle s'était approchée de mon stand pour me saluer – cette femme que j'avais tant admirée et qui m'avait délivrée du silence enrobant le féminin, mais que la vie avait écartée de mes parents et donc de moi – et je lui avais à peine répondu.

Ingratitude. Conflit de loyauté.

Je me figure sans peine ses yeux bleus écartés, affectés d'un léger strabisme, son nez spirituel, ses dents de devant qui se chevauchaient légèrement et lui donnaient un sourire irrésistible, son corps sec et musclé, épaules larges, hanches étroites, ventre plat, seins hauts et fermes. Je la trouvais si belle.

Ma mère, je le sais, en avait conçu du chagrin. Elle m'avait fait une scène de jalousie à la sortie d'un cours de danse. « Qu'est-ce qu'elle a de plus que moi ? » m'avait-elle demandé, comme dans un dialogue de feuilleton télévisé. Je m'étais défendue comme je pouvais, parfaitement ignorante de la douleur que je lui causais en fréquentant cette autre femme. Il n'y avait pas de comparaison possible dans mon esprit. Je m'étais énervée. Elle s'était énervée.

Comment aurais-je pu lui expliquer la nature du contrepoids que constituait la maison bohème de la pittoresque Butte-aux-Cailles par rapport à l'appartement conventionnel que nous habitions de l'autre côté du XIIIe arrondissement, dans ce quartier défiguré, dénué de tout charme, ravagé par une modernité au rabais ? Comment aurais-je pu lui dire, dans la mesure où je l'ignorais moi-même, que j'aspirais à cela, à un ameublement moins banal, à des horaires moins stricts, à des postures moins raides ? Tous ces détails du quotidien, ces choses certes superficielles mais qui dénotaient des rapports à la beauté, au goût, au temps très différents de ceux qui régnaient dans ma famille, et si attirants pour moi parce qu'ils me renseignaient, sans que je m'en rende vraiment compte, sur ma propre vocation. Il existait donc autre chose que la culpabilité, autre chose que le devoir, les responsabilités, les charges ?

Il y avait l'art ; et l'art, quand on le pratiquait, était partout, dans le travail, dans les gestes, les vêtements, l'odeur de la maison et même la nourriture.

Quand j'y pense aujourd'hui, je me revois enivrée par l'exotisme de tout cela. Je ne saurais dire avec précision à quelle classe sociale nous appartenions respectivement, Annie et nous. Ce qui est certain, c'est que les deux différaient fortement. Ses lieux ne ressemblaient pas à ceux que nous fréquentions, son temps n'était pas celui qui régissait nos vies. Dans notre foyer, le passé pesait. Il était au fond de chaque regard, derrière chaque porte. Déracinés, nous nous accrochions à la mémoire des disparus, aux territoires perdus.

Quand Annie m'invita dans sa maison de famille à Saint-Sulpice-Laurière, alors que j'avais 14 ans, je découvris une demeure où le passé ronronnait comme un gros chat que jamais l'on ne déplace pour ne pas troubler sa sieste, laissant le présent se déployer, léger, pas même alourdi par un soupçon d'avenir, et je ressentis un bonheur dont je garde très précisément la trace. Je lisais *Le Blé en herbe* de Colette, je prenais des douches interminables, nous marchions dans la forêt limousine. Il y avait sa fille A., plus jeune que moi de trois ou quatre ans, et une petite copine du village qui m'apprit à faire une grimace particulièrement redoutable, que j'utilise encore souvent pour faire rire les enfants. Le frère d'Annie nous rendit visite un matin. Ils burent ensemble du café dans un bol. Dans un bol ?! Je n'avais jamais vu personne boire du café noir dans un bol. Toujours dans une tasse, parfois dans un verre. Quelle surprise ! Tout me plaisait, décidément. Et la parole aussi, la façon dont elle circulait, équitable, teintée d'ironie. J'envisageais pour la première fois que le fait d'être une fille avait quelque chose d'attrayant, peut-être même de prometteur.

Ceux qui me rencontrent aujourd'hui voient une femme de 56 ans, le visage marqué par quelques rides, pas trop nombreuses, mais bien présentes, des cheveux blancs qui strient les mèches brunes, boitant certains jours, les traits plus graves qu'autrefois. Ils ne distinguent pas la fillette sur la plage qui fait couler le sable entre ses doigts, pas plus que l'adolescente aux décolletés toujours plus profonds quelle que soit la température car elle est trop joyeuse pour avoir froid, ni la trentenaire inépuisable qui porte des sacs de courses et des valises. Elles sont pourtant là, toutes en même temps. Il suffit que je leur ménage un minuscule espace, pas plus large que le chas d'une aiguille, et les voilà qui se précipitent.

Mes âges

J'ai 16 ans. Les cuisses rondes. De grosses joues. Une énergie inépuisable.

J'ai 5 ans. Des boucles blondes. Je chante *Jeanneton prend sa faucille*. Je bois tous les vendredis soir le vin rouge casher du kiddouch coupé d'eau. Ma grand-mère me tend une orange avec la peau, fendue en deux puis en quatre, que je croque à pleine dents en raclant la chair pour ne laisser que l'écorce.

J'ai 30 ans. Je me sens vieille pour la deuxième fois de ma vie. (La première fois, j'en avais 18.) Je prends des cours de danse orientale. Un par semaine. Puis deux. Puis trois. Je deviens folle de danse.

J'ai 12 ans. Je joue au tennis de table en club. Je lis Tolkien. J'embrasse un garçon. Il ne m'adresse plus jamais la parole après ça. Je mesure un mètre soixante-douze et j'ai des tresses.

J'ai 22 ans. Je vis à Londres. Toutes les semaines, je fais une heure et demie de trajet à l'aller et au retour pour prendre un cours de chant avec une professeure qui m'aime beaucoup. Elle m'appelle « my baby soprano ». Son mari est pianiste. Il nous accompagne. Roumain, très âgé, tout petit, c'est un genre d'écureuil. Je vais l'écouter en concert un soir. Je chante aussi dans une chorale de quartier. Tout le monde déchiffre à vue et en polyphonie (même moi).

J'ai 29 ans. Je suis à San Sebastián. Mon fils de 3 ans endormi sur le dos, je vais de bar à tapas en bar à tapas avec mon autre fils de 6 ans, que mon mari tient par la main, et une bande d'amis. Ma bande. Nous buvons de la sangria. Je suis complètement bourrée et très très heureuse.

J'ai 37 ans. Je vais chercher mon fils aîné au collège. Je porte une jupe longue blanche, des lunettes de soleil. Mes cheveux lâchés descendent jusqu'au milieu de mon dos, raie sur le côté. Je porte de jolies sandales à talons compensés. Je n'en reviens pas d'avoir un fils de 14 ans, si grand, si beau, si indépendant et qui accepte pourtant, parce que nous avons rendez-vous je ne sais où, que je vienne l'attendre à la sortie.

J'ai 3 ans. Un maillot de bain deux-pièces dont la culotte est agrémentée d'un genre de jupette. La toile de coton jaune d'or piquée de fleurettes rouges et rehaussée par un feuillage vert n'est pas élastique du tout. J'adore mon maillot. Ça sent le varech. Je respire cette odeur inconnue. Je décide que c'est mon odeur préférée.

J'ai 6 mois. Je suis dans les bras de ma mère. Elle se penche pour ramasser quelque chose et une mèche de ses cheveux tombe sur mon visage. Ça me chatouille énormément. Ça me chatouille tellement (et je ne peux pas me gratter car je n'ai que six mois et suis encore bien malhabile) que je me mets à pleurer. Elle ne comprend pas ce que j'ai et me serre contre son épaule pour me tapoter le dos.

J'ai 3 ans et demi. Ma sœur vient de naître. Elle est toute blanche. Presque bleue. On l'a installée dans un fauteuil avec son toutou en tissu blanc imprimé de cœurs rouges et violets. Je m'approche pour lui caresser la joue. Une femme qui n'est pas ma mère saisit le toutou, le fourre dans un grand sac et se penche pour embrasser ma sœur en prononçant un prénom qui n'est pas le sien. Un prénom de garçon. Qu'est-ce que c'est que cette histoire ? Je m'offusque. On m'apprend que le bébé que j'ai pris pour ma sœur était en réalité T., le fils de G. J'ai honte. Je me sens bête. J'en veux aux adultes qui rient de ma méprise. Dans ma tête je rétorque : « Comment voulez-vous que l'on puisse distinguer un bébé d'un autre s'ils ont le même toutou ? »

J'ai 13 ans. Je passe quinze jours chez ma correspondante anglaise dans le Kent. Nous marchons des heures à travers champs en compagnie de son chien, un berger allemand qui s'appelle Isolde. Je préfère la mère de ma correspondante à ma correspondante. Cette mère, dont je ne me rappelle pas le prénom – appelons-la Mrs B. – m'aime beaucoup, elle aussi. Elle me fabrique des couronnes de fleurs qu'elle pose sur mon front et m'appelle Brunehilde.

L'iceberg

Et voici que la voix s'élève de nouveau, pas celle d'Alterego. La voix qui m'a signalé que j'avais commis une erreur en regardant vers l'avenir.

– C'est bien, dit-elle (et un instant, je me demande si ce n'est pas Puttermesser en personne, l'héroïne du roman de Cynthia Ozick, qui s'adresse à moi). Tu y es presque. Tu as ouvert la boîte. Tu as regardé à l'intérieur. Tu as fait revenir le passé et se dresser les morts.

– Et alors ?

– Alors tu as compris.

– Non, je n'ai rien compris.

– Tu l'as fait sans comprendre, comme on fait tout dans la vie, la cuisine sans connaître la chimie, les enfants sans rien savoir de la génétique. Cela revient au même. Tu as armé ton fusil, celui qui te sert chaque fois que tu écris, celui au canon tordu qui ne tire jamais dans la direction que tu vises, mais dans le coin que tu ne pensais pas vouloir atteindre.

– J'aurais inventé tout cela pour rien ?

– Tu l'as inventé pour pouvoir regarder la cassette maudite, changée en clé USB, elle-même transformée en lien Internet.

– Et je n'ai rien construit ?

– Tu as construit le Château des Rentiers. Tu as inventé un moment-lieu où il est possible de vivre en espérant. Où les souvenirs cessent d'être un poids. Où les souvenirs deviennent…

La voix se tait soudain et me laisse seule.

De l'autre côté de la fenêtre, le vent souffle et promène les branches les plus hautes des arbres dénudés. C'est le seul son que j'entende à présent, sans compter celui que produisent mes doigts sur les touches du clavier.

Le jardin est dépouillé par l'hiver, rameaux sombres, feuilles mortes rousses, herbe mêlée de boue, ciel blanc. À travers les carreaux j'aperçois mon grand-père (le remplaçant) en culottes courtes, ses sœurs, sa mère en jupes longues. Il y a aussi ma grand-mère, bras dessus bras dessous, avec les gars et les filles de sa bande, au bord de la mer Noire. Mon grand-père de sang, disparu vingt-quatre ans avant ma naissance, demeure hésitant, au pied du hêtre géant qui borde le terrain. Soudain, les primevères sortent de terre, suivies de près par les jonquilles. Les boutons de rose se forment et éclosent, pétales blancs, pétales roses, pétales blanc et rose, les orties perdent leurs fleurs et voient pousser leurs poils. Les poules picorent, picorent, picorent. Mon jardin contient toutes les saisons, celles qui ont fui et celles à venir.

La phrase interrompue se termine d'elle-même : Où les souvenirs deviennent… une rente.

Et je comprends.

Les souvenirs sont à présent ma rente. Je vis autant du présent que je me nourris du passé. Les années s'amenuisent, qu'importe ? Plus le temps qui me reste à vivre diminue, plus ce que j'ai vécu enfle et prospère. Je renverse l'iceberg. Cela crée d'énormes vagues, génère des tempêtes et d'incontrôlables courants. Je me concentre. Il faut beaucoup de force pour concevoir ce nouvel objet qui se tient sur la pointe et prend des allures de diamant. Des allures de château de glace sur un piton rocheux.

Je convoque, O., I., D., Y., T., S., G. et tous les autres.

– Regardez, leur dis-je, voici notre château. Le Château des Rentiers.

– Et nous, alors ? demandent les conspirateurs indignés, F. l'architecte, S. la comptable, L. ma complice, Alterego et la banquière tabacophile qui s'est jointe à eux.

– Vous ? Je vous range dans ma boîte à outils.

– Nous refusons, disent-ils. Nous ne sommes pas des marionnettes. Nous voulons construire le phalanstère.

– Il sera toujours temps.

– Quand ça ? demandent-ils.

– Plus tard. Quand nous serons vieux.

Bibliographie-filmographie

Jean-Pierre Minaudier, *La Poésie du gérondif*, Le Tripode, 2017.

Danielle Delmaire, Jean-Baptiste Gardon, Monique Heddebaut, Rudy Rigaut, *Être juif dans le Nord et le Pas-de-Calais 1939-1945*, Éditions Tirésias-Michel Reynaud, 2022.

David Teboul, *Simone Veil, une histoire française*, documentaire TV, 52 min., prod. AMIP, France 3, France 5, 2004.

Remerciements

Merci à ma camarade de danse Simone Zelda Segouriano, dite Zelba, pour m'avoir autorisée à publier le récit de sa vie et à notre amie Laurence qui a été notre messagère.

Ma gratitude à Yves Gauthier qui m'a aidée à renouer avec les comptines russes de ma grand-mère, à Philippe Lablanche qui m'a rappelé le Doubs, et à Patricia Duez pour la relecture et l'accompagnement.

Merci à Jean-Marc Terrasse, sans qui je serais peut-être restée aphasique pour toujours.

Ma reconnaissance à l'USC Shoah Foundation, et plus largement à toutes les équipes qui œuvrent pour conserver la mémoire de ceux qui, comme moi, la perdent ou n'en ont jamais eu.

Du même auteur

Quelques minutes de bonheur absolu
Éditions de l'Olivier, 1993
Points nº P189

Un secret sans importance
prix du livre Inter
Éditions de l'Olivier, 1996
Points nº P350

Cinq photos de ma femme
Éditions de l'Olivier, 1998
Points nº P704

Les Bonnes Intentions
Éditions de l'Olivier, 2000
Points nº P917

Le Principe de Frédelle
Éditions de l'Olivier, 2003
Points nº P1180

V.W. Le mélange des genres
(avec Geneviève Brisac)
Éditions de l'Olivier, 2004

Mangez-moi
Éditions de l'Olivier, 2006
Points nº P1741

Le Remplaçant
Éditions de l'Olivier, « Figures libres », 2009
Points nº P2439

Dans la nuit brune
prix Renaudot des lycéens
Éditions de l'Olivier, 2010
Points nº P2686

Une partie de chasse
Éditions de l'Olivier, 2012
Points nº P3079

Comment j'ai appris à lire
Stock, 2013
Points nº P3272

Ce qui est arrivé aux Kempinski
Éditions de l'Olivier, 2014
Points nº P4108

Ce cœur changeant
prix littéraire *Le Monde*
Éditions de l'Olivier, 2015
Points nº P4380

Le Roi René
(René Urtreger par Agnès Desarthe)
Éditions Odile Jacob, 2016

La Chance de leur vie
Éditions de l'Olivier, 2018
Points nº P5038

L'Éternel Fiancé
Éditions de l'Olivier, 2021
Points nº P5614

RÉALISATION : NORD COMPO À VILLENEUVE-D'ASCQ
ACHEVÉ D'IMPRIMER SUR ROTO-PAGE
PAR L'IMPRIMERIE FLOCH À MAYENNE
DÉPÔT LÉGAL : AOÛT 2023. N° 1951-02 (102874)
IMPRIMÉ EN FRANCE